Les Larmes de Sibyl

DU MÊME AUTEUR
aux éditions du Masque

Format poche

La Quatrième Porte (Prix du Festival de Cognac 1987)
Le Brouillard rouge (Prix du Roman d'Aventures 1988)
La mort vous invite
La Mort derrière les rideaux
La Chambre du fou
La Tête du tigre
La Septième Hypothèse
La lettre qui tue
Le Diable de Dartmoor
Le Roi du désordre
À 139 pas de la mort
L'Image trouble
La Malédiction de Barberousse
Le Cercle invisible
L'Arbre aux doigts tordus
Le Crime de Dédale
Les Sept Merveilles du crime
Le Géant de pierre
Le Cri de la sirène
Meurtre dans un manoir anglais
L'homme qui aimait les nuages
Le Mystère de l'allée des anges
La Nuit du loup
L'Allumette sanglante
La Toile de Pénélope
Les Douze Crimes d'Hercule
Le Tigre borgne

Grand Format

Le Chemin de la lumière
Les Douze Crimes d'Hercule
Les Fleurs de Satan

Les Intégrales

Tome 1
Tome 2
Tome 3

www.lemasque.com

Paul Halter

Les Larmes de Sibyl

ÉDITIONS DU MASQUE
17, rue Jacob 75006 Paris

Pour Lulu,
mon sympathique mentor,
qui a aiguisé ma passion du jeu et du crime
et m'a rendu tant de services,
ces « Larmes de Sibyl » aussi intarissables que notre amitié.

Prologue

19 juin 1957

En longeant le littoral nord des Cornouailles, le voyageur ne pourra manquer d'être surpris par son aspect farouche et inhospitalier. La terre semble s'arrêter là, dans un étrange et impressionnant chaos de rochers, qui surplombe une mer toujours agitée. En cet endroit, un panneau portant la mention de FIN DU MONDE n'étonnerait personne. Contempler l'océan gris du haut de cette côte accidentée inspire irrésistiblement un sentiment de crainte et de tristesse. L'eau a la même couleur terne que le ciel, traversé par d'épais nuages bas, eux-mêmes sombres comme les rochers. Couvertes d'ardoises et faites de gros blocs de granit, les maisons se fondent dans ce paysage essentiellement minéral. Perchés sur les hauts plateaux ou blottis dans les déchirures des falaises, les petits villages côtiers semblent accepter leur isolement avec une étrange résignation, qu'on peut d'ailleurs lire sur les visages de leurs habitants. Mais comment s'en étonner, dans cette morosité ambiante ?

Chartham semble exemplaire à cet égard. Même

dans la région, peu de gens connaissent l'existence de cette bourgade haut perchée au-dessus de la côte sauvage. Elle paraît plus triste et plus lugubre que les autres, peut-être à cause des plaintes lancinantes du vent. Dressé sur un tertre un peu à l'écart, *Old Hall*, un modeste manoir, semble veiller sur les habitations. Sa silhouette tourmentée souligne la rudesse des environs – s'il en est encore besoin – mais Patrick Markale n'y prêta guère attention, ce jour-là, tandis qu'il longeait le littoral. La brise était rudement fraîche pour la saison. Estimant que ses déambulations avaient assez duré, il n'avait désormais qu'une hâte, celle de trouver la chaleur réconfortante d'une auberge. La nuit tombait lorsqu'il pénétra dans *Le Cygne Blanc*.

À mi-chemin entre la trentaine et la quarantaine, Patrick Markale n'attirait pas l'attention de prime abord. Blond, plutôt grand, le crâne précocement dégarni, il paraissait même falot. Bien sûr, une figure inconnue ne pouvait passer inaperçue à Chartham, mais les habitués de l'auberge semblèrent décréter d'un commun accord qu'il s'agissait d'un simple touriste, sans doute égaré, ne présentant guère d'intérêt. Pourtant, un examen plus attentif leur aurait fait réviser leur jugement.

Jo Sawyer, le patron, un grand gaillard au visage sanguin, fut le premier à remarquer quelque chose d'étrange dans ses yeux clairs, alors que le visiteur venait de s'installer au comptoir. Quelque chose de magnétique, qui vous mettait vaguement mal à l'aise, et peu en accord avec le reste de sa personne. Après lui avoir servi une bière, Sawyer lui demanda d'un ton affable :

– Vous êtes de la région, monsieur ?

– Non, pas du tout. Et j'avoue être un peu surpris...

– Surpris ? Et par quoi donc ?

— Eh bien... je trouve que le vent a une sonorité bizarre par ici.

— Ah ? C'est peut-être les orgues du vent alors ! plaisanta Sawyer.

Le visiteur ne se dérida pas.

— Tout à l'heure, en me promenant le long de la côte, il m'a semblé entendre des appels provenant du bas de la falaise. Mais en me penchant, j'ai réalisé l'ineptie de cette impression. Une houle furieuse balayait la grève. Ce devaient être les sifflements du vent. Pourtant, je suis resté là un moment à tendre l'oreille, car j'avais vraiment l'impression qu'une voix plaintive se mêlait aux rafales...

Sawyer parut embarrassé.

— Ce... ce n'était pas très prudent. On a si vite fait d'être happé par une bourrasque.

— Réflexion faite, la voix pouvait venir d'ailleurs. Ce n'était peut-être qu'un écho simplement apporté par le vent. Mais comme il faisait presque nuit...

— Croyez-moi, vous vous êtes sans doute trompé. Vous n'êtes pas le premier à qui ça arrive. Certains avaient pensé que c'était un matou qui miaulait.

— Je dirais plutôt une voix de femme, une femme qui appelait désespérément quelqu'un...

Patrick Markale se tut. Une jeune personne venait de rejoindre Sawyer derrière le bar. Avec sa chevelure noire et bouclée, sa taille mince et ses yeux rieurs, elle ne manquait pas de charme. Elle aurait pu être la fille du patron, mais celui-ci la présenta comme étant sa femme, Betty. Après l'avoir salué d'un gracieux sourire, la jeune patronne lui demanda s'il souhaitait réserver une chambre pour la nuit.

— Oui, c'est une bonne idée, répondit Patrick Markale, car il est peut-être un peu tard pour prendre possession de la maison que je viens d'acheter.

— Ici, à Chartham ? s'étonna l'aubergiste.

— Oui.

— N'est-ce pas la maison de Mrs Miller, qui est décédée il y a deux mois ? s'enquit Betty, pensive.

Le nouveau venu approuva de la tête, puis demanda avec un sourire vaguement ironique :

— Je suppose que vous étiez également intéressés par cette maison ?

Le couple s'entre-regarda, surpris, puis le mari questionna, soupçonneux :

— Serait-ce l'agence immobilière qui vous l'a appris ?

— Non, personne ne m'a rien dit, répondit Markale après avoir bu une rasade de bière.

— Mais alors...

— Je l'ai deviné, c'est tout.

Un silence tomba. Malgré leur curiosité, l'aubergiste et sa femme ne firent aucun commentaire. Il y avait quelque chose de définitif dans le ton du visiteur, mais aussi dans le bref regard qu'il leur accorda, qui imposait le respect. Le dos tourné pour terminer sa bière, il fixa un point imaginaire dans la salle, comme plongé dans de profondes réflexions. Lorsque Betty s'en fut retournée dans ses appartements, Patrick Markale demanda à brûle-pourpoint :

— Dites-moi, monsieur, est-ce que le nom de Sibyl vous dit quelque chose ?

— Sibyl ? répéta Jo Sawyer en fronçant ses épais sourcils. Vaguement, mais je ne vois plus exactement de qui il s'agit. Car, voyez-vous, je ne suis pas un enfant du pays. Je ne me suis installé ici que depuis quelques années...

— En fait, il s'agit plus exactement d'une source.

La visage du patron s'éclaira soudain :

— La source de Sibyl, vous voulez dire ?

— C'est cela. Il paraît qu'elle se trouve près d'ici, dans la forêt.

— Oui, oui... c'est ce qu'on dit. Mais le problème, c'est que personne ne sait où elle est !

Une vague lueur brilla dans les yeux pâles du visiteur.

— Je suis pourtant bien déterminé à la trouver. Si vous connaissez quelqu'un à Chartham qui pourrait me fournir la moindre information, je vous en serai infiniment reconnaissant.

— Non, personne ! repartit Jo Sawyer en posant fermement sur le comptoir le verre qu'il venait d'essuyer. Et j'ajoute que c'est mieux ainsi. Ce n'est du reste qu'une vieille légende...

Sa phrase resta en suspens. Ce fut son tour d'observer une pause, avant d'ajouter d'un ton abrupt :

— Et pourquoi voulez-vous la trouver ?

Le visiteur ne répondit pas.

— Ah ! je crois avoir compris, reprit l'aubergiste. Vous êtes venu à Chartham pour chercher votre inspiration ! Vous êtes écrivain ?

Avec un sourire mystérieux, Markale porta un doigt à ses lèvres comme pour exiger le silence.

— Je vois... cela doit rester un secret, n'est-ce pas ? reprit Sawyer en baissant la voix. Eh bien, vous pouvez me faire confiance, je serai muet comme une tombe. Que toutes les vénérables bouteilles de ce bar en soient témoins !

Sur quoi, il proposa une autre bière à son client, qui accepta bien volontiers. Lorsqu'il eut vidé son verre, Patrick Markale fit remarquer :

— C'est une très bonne *Bitter Craze* que vous avez là. Je suppose que vous vous ravitaillez toujours à la même brasserie, chez *Camfield*, à Tauton ?

Jo Sawyer jeta un coup d'œil sur les tonneaux de

son bar, qui ne portaient aucune inscription. Dubitatif, il se retourna vers le client :

— Oui, mais ce n'est indiqué nulle part. Auriez-vous un gosier si raffiné pour l'avoir reconnue ?

— Elle est vraiment très bonne, monsieur. Mais je me sens un peu las... J'ai fait un long trajet aujourd'hui. Ma chambre est-elle prête ?

— Oui, je pense que Betty a eu le temps de vous la préparer. Mais, dites-moi, pour la bière...

Patrick Markale leva la main en un geste d'apaisement.

— Puis-je me permettre de vous donner un conseil, monsieur Sawyer ?

— Un conseil ? s'étonna le patron. Ma foi, oui, si vous y tenez...

— Ne soyez pas si angoissé, vous n'avez aucune raison.

Fronçant les sourcils, l'aubergiste répliqua, visiblement intrigué :

— Angoissé ? Mais pourquoi diable... ?

— Je connais la nature de vos tourments. Croyez-moi, ils sont injustifiés. Vous pouvez lui faire confiance...

— *Lui* faire confiance ? Mais de qui parlez-vous ?

— De votre charmante épouse, qui est une femme aimante et fidèle.

Lorsque Patrick Markale eut quitté la salle, Jo Sawyer se servit un double scotch, perplexe. Comment diable cet inconnu avait-il fait pour savoir ? Il n'avait jamais confié ses états d'âme à qui que ce fût. Même pas à Betty ! Jamais encore il n'avait dit mot de cette jalousie maladive qui le rongeait depuis le mariage !

1

9 juillet

C'était désormais une habitude presque quotidienne. Dès qu'elle sortait de la salle de bains, Mrs Ruth Kendall était assaillie par les souvenirs. Elle voyait défiler les principales étapes de sa morne existence et se disait : « Dieu, comme le temps passe ! »

Le coupable, c'était évidemment le miroir à côté de la fenêtre qui, lorsqu'elle se peignait, lui renvoyait chaque fois le reflet d'une étrangère : une personne approchant de la cinquantaine, cheveux cendrés, visage terne et paupières gonflées. Cette vision d'elle-même la déprimait tellement qu'elle se hâtait de consulter son album photos, afin de se revoir, au bras d'Oliver, le jour de leurs noces. Il s'agissait bien d'elle, mais quelle différence ! La Ruth de cette époque était jeune, fraîche, pleine de vie ! Il était vrai que, depuis peu, elle hésitait à feuilleter ces pages, tant la comparaison lui était douloureuse.

Près de trente ans avaient passé. Et plus encore si elle se référait à son univers actuel – murs blanchis à la chaux et vieux mobilier de chêne – qui était en réalité celui de son enfance : une maison spacieuse, confortable, chaleureuse, quoique vaguement oppressante – était-ce à cause de ses plafonds bas aux poutres apparentes ? Lorsqu'elle l'avait quittée, à son mariage, elle avait éprouvé comme un soulagement, heureuse de changer d'air, d'aller mener une vie plus exaltante à Londres, où Oliver, au début simple enquêteur, avait rapidement gravi les échelons avant de devenir inspecteur en chef. Le meilleur d'entre eux au dire de ses collègues. Puis il y avait eu le décès de son père, et celui très rapproché de sa mère. Fille unique, elle avait hérité de tous leurs biens, qui se résumaient à cette maison. Il y avait huit ans de cela, Oliver avait commencé à se lasser de la ville, sentiment qui l'avait insidieusement gagnée à son tour. Par chance, l'année suivante, en 1950, il était parvenu à se faire muter à Exeter, en Cornouailles, et ils étaient donc revenus. Pour lui, ce fut sans conteste un changement radical. Mais pour Ruth également. Retrouver sa maison d'enfance, dans ce village perdu, lui avait fait un drôle d'effet, d'autant qu'il était désormais vraisemblable qu'ils y finiraient leurs jours. C'était un peu comme les saumons qui remontent le cours de leur rivière pour venir mourir sur leur lieu de naissance...

Sa vie ? Mais qu'en avait-elle fait ? Rien, absolument rien, à part d'insipides tâches ménagères. Oliver, au contraire, avait suivi une carrière exemplaire, alors qu'elle n'avait même pas réussi à lui donner un fils ! Quel choc lorsqu'on lui avait annoncé qu'elle ne pourrait jamais procréer ! Ce verdict médical, pour brutal qu'il fût, eut cependant le mérite de la clarté. La seule solution qui lui restait était d'adopter un petit orphelin, car elle ne pouvait se faire à l'idée d'un foyer sans enfant. C'est ainsi que Sandra entra dans leur vie, leur apportant tout le bonheur qui leur avait manqué. Une enfant adorable, pourvue d'un heureux caractère, qu'elle choya comme si elle était sa propre fille.

Elle était encore une adolescente lorsqu'ils avaient quitté la capitale. Aujourd'hui, à dix-neuf ans, elle était manifestement la plus belle jeune fille du village. Ruth et son mari ignoraient tout de ses vrais parents, mais il semblait probable que l'un des deux eut des origines nordiques, car la chevelure de Sandra était d'un blond très clair qui ne s'était pas assombri au fil des ans. Elle avait de grands et beaux yeux d'aigue-marine protégés par de longs cils, des pommettes rondes et un adorable petit menton. Son visage au teint de nacre étincelait de gaieté.

Mais depuis que la chrysalide s'était transformée en papillon, bien des choses avaient changé : Sandra était devenue distante, renfermée et bizarre. Souvent elle s'enfermait dans la salle de bains et y passait un temps anormalement long, comme si elle voulait noyer quelque mystérieux chagrin dans l'eau de la baignoire. Car, en plus de ces besoins de propreté, elle semblait aussi avoir perdu la joie de vivre. Auparavant, Sandra chantait souvent pour exprimer sa rayonnante bonne humeur. C'était un ravissement pour les oreilles. Malheureusement, depuis quelque temps, le rossignol s'était tu. Elle ne fredonnait même plus un air à la mode, du moins en leur présence. Elle évitait même ses camarades de jeux habituels.

Nombre de couples amis avaient persuadé Ruth que ce changement était tout à fait normal, mais elle ne s'y était pas habituée pour autant. Oliver semblait moins s'en soucier, toujours pris par son métier et sans doute moins sensible qu'elle sur ces questions.

Sandra semblait se détacher de plus en plus

d'elle, et évitait même son regard. Cette attitude la tourmentait, car elle se sentait totalement impuissante. Elle avait essayé de lui parler, mais en vain : leur conversation se limitait désormais aux questions purement pratiques.

En outre, Sandra ne paraissait guère s'intéresser aux garçons. Ce qui était plutôt étonnant à son âge. Heureusement, depuis le début de l'été, les choses avaient changé. C'est presque avec soulagement qu'elle avait remarqué que les deux fils de sir John Leighton ne laissaient pas sa fille indifférente. Elle l'avait observée du coin de l'œil, l'autre jour, tandis que Trevor, l'aîné des frères Leighton, au retour d'une promenade à cheval, s'était arrêté pour lui parler. Ruth ne savait du reste s'il fallait s'en réjouir. Trevor Leighton n'était pas le genre de garçon qu'une mère pouvait souhaiter comme gendre. Oliver était d'ailleurs de son avis.

Un bruit attira soudain l'attention de Ruth Kendall. Par la porte ouverte donnant sur le couloir, elle aperçut Sandra, qui venait de s'immobiliser devant la petite bibliothèque. Elle la vit poser la main sur la poignée de la porte, hésiter quelques secondes, puis la lâcher, comme résignée, avant de s'éloigner.

Ruth poussa un profond soupir. Elle avait déjà maintes fois constaté que sa fille évitait cette pièce et se demandait bien pourquoi. C'était un endroit confortable, avec fauteuils et divan, aménagé en bibliothèque par feu son père. Mais qu'y avait-il de si mystérieux ? Ces masques et figurines que le colonel Brown avait ramenés des colonies ? Ils étaient plus grotesques qu'effrayants ! À moins qu'il ne s'agît des livres ? Sandra avait-t-elle été effrayée par une de ses lectures ? Cela était bien possible, songea-t-elle. Il faudrait qu'elle y jetât un coup d'œil à l'occasion. Depuis sa retraite, le colonel Brown s'était passionné pour les sciences occultes. Il avait réuni à ce sujet plusieurs ouvrages de référence, qui occupaient une place importante sur les étagères. Ruth se dit alors qu'il ne fallait jamais remettre au lendemain ce que l'on pouvait faire le jour même. En outre, elle pensait être assez perspicace pour repérer les livres qui avaient été manipulés récemment.

Elle s'apprêtait à pénétrer dans la pièce lorsque la sonnette de l'entrée retentit.

Lorsqu'elle ouvrit, elle fut surprise de voir sur le perron l'étranger qu'elle avait déjà entr'aperçu au village.

Patrick Markale la salua, sourit et s'adressa à elle avec ce ton paisible qui lui était propre :

— C'est bien vous qui vendez une table ronde, n'est-ce pas ? Je sors de la boulangerie où je viens de lire votre annonce...

Ruth acquiesça.

— Mais oui, bien sûr, je l'avais presque oubliée ! Venez, je vais vous montrer cette antiquité ! Je ne crois pas qu'elle ait une grande valeur. En fait, nous voulons simplement nous en débarrasser.

L'affaire fut rapidement conclue. Après avoir suivi Mrs Kendall dans le débarras où le meuble était remisé, Patrick Markale affirma que c'était exactement ce qu'il recherchait et, satisfait de son acquisition, lui offrit le double du prix demandé. Sur quoi, Mrs Kendall, ravie, lui proposa une tasse de thé. C'était un excellent prétexte d'en apprendre davantage sur le nouveau venu, à propos duquel circulaient diverses rumeurs. Hormis son regard insistant, elle le trouvait agréable, et elle avait eu l'impression que lui aussi, de son côté, cherchait à sympathiser avec les habitants. Après avoir parlé à bâtons rompus, il changea soudain d'expression et la dévisagea de manière singulière, l'air inquiet, comme si quelque chose en elle l'effrayait.

— Excusez-moi, dit-il en posant une main devant les yeux. Il se passe des choses étranges depuis que je suis ici...

— À propos de quoi ? s'inquiéta son hôtesse. De moi ?

L'homme éluda la question.

— Le soir, je me promène souvent le long des falaises...

— Mon Dieu, c'est très dangereux ! Vous ne devriez pas !

— Je sais. Vous n'êtes pas la première à me mettre en garde. Mais je trouve que la vue y est vraiment fascinante au coucher du soleil. L'endroit serait d'ailleurs parfait s'il n'y avait pas ce vent incessant. D'ailleurs, c'est justement cela qui est étrange...

— Le vent ?

— Oui. J'ai l'impression qu'il me parle. Plusieurs fois, il m'a semblé qu'une femme appelait quelqu'un, de manière désespérée...

Après un silence, Mrs Kendall demanda gravement :

— Ne serait-ce pas « Henry » ?

Markale parut surpris. En détachant bien les syllabes, il répéta plusieurs fois :

— Hen-ry, Hen-ry ?... Oui, je crois bien que c'est cela ! Et maintenant que vous le dites, j'en suis même sûr !

— Et vous n'avez vu personne ?

— Non, mais il est vrai que je ne me suis jamais attardé. Je ne sais pas pourquoi, mais je n'étais pas très rassuré.

— Alors c'est peut-être pour cela que vous ne l'avez pas aperçue...

— De qui parlez-vous ?

— De la personne que vous avez confondue avec le vent.

— Comment ? s'étonna Markale, lequel, après un moment de réflexion, ajouta : Donc, si je vous comprends bien, il y aurait quelqu'un dans les environs qui s'amuserait à scander ce prénom ?

— Oui, une femme. Mais c'est loin d'être un jeu. Il s'agit de l'épouse de sir John, la malheureuse Deborah Leighton. Ils habitent *Old Hall*, le manoir à la sortie du village. Un soir de tempête, il y a trois ans, Henry, son plus jeune fils, s'est tué en tombant du haut des falaises. Elle a été si affectée par ce drame qu'elle en a un peu perdu la raison. Depuis lors, lorsqu'il y a du vent, elle se promène parfois le long des falaises et l'appelle inlassablement...

Patrick Markale hocha tristement la tête. Sans grand effort d'imagination, il évoqua la chute de l'infortuné Henry, les recherches désespérées de la mère, et le vent répétant en de lancinants échos : « Hen-ry... Hen-ry... »

— Oui, j'avais pressenti qu'il s'agissait d'une triste affaire... En tout cas, je vous remercie de m'avoir éclairé sur ce point. J'avais déjà posé la question à d'autres personnes... (Il haussa les épaules avec un sourire amusé.) Mais nul n'a daigné me répondre. Enfin je suppose que c'est un peu normal, les gens n'aiment pas se confier aux étrangers. Encore merci pour tout, pour la table et également pour votre aimable accueil. Vraiment, Mrs Kendall, je vous suis très redevable...

— Pensez donc, c'est moi qui vous suis reconnaissante de m'avoir débarrassée de cette vieillerie !

Ruth l'accompagna jusque sur le pas de la porte, puis ramassa machinalement un bout de ficelle qui traînait par terre, juste à côté du puits qui flanquait l'entrée. Elle le jeta dans une boîte à ordures et se retourna vers Markale pour lui adresser un dernier salut. S'attendant à ce qu'il lui retourne son sourire, elle fut étonnée par la gravité de ses traits.

— Oui, je vous suis très redevable, répéta-t-il d'une voix changée. C'est pourquoi je vais même me permettre de vous donner un conseil, Mrs Kendall. Cela me coûte de vous parler aussi directement, mais je ne puis me taire. Et il vaut mieux que vous soyez avertie...

— Pardon ?

— Soyez très prudente à partir d'aujourd'hui.

Quand le visiteur prononça ces paroles en la fixant d'un regard magnétique, la maîtresse de maison ressentit un frisson glacé lui remonter l'échine.

— *Prudente ?* balbutia-t-elle d'une voix blanche. Et pourquoi diable devrais-je être prudente ?

— Parce que vous courez désormais un grand danger.

2

25 juillet

L'inspecteur Oliver Kendall aimait rendre visite à son ami sir John Leighton. Mais chaque fois qu'il pénétrait dans *Old Hall*, comme la plupart des visiteurs, il se sentait gagné par une curieuse impression de mélancolie qui l'incitait à rebrousser chemin. Il faut dire que la vieille construction, bâtie à l'époque des Tudor, n'avait rien d'engageant, avec sa toiture hérissée de cheminées, sa façade terne et son portique imposant. Dans le hall, même en été, une fraîcheur humide persistait. Le salon où était assis Kendall était décoré de plusieurs tableaux aux couleurs vives, comme pour combattre la grisaille ambiante – mais sans grand succès. Le tout semblait étouffé par le chintz fané des fauteuils et des rideaux, le vieux chêne des lambris et la lumière grisâtre filtrée par les fenêtres à meneaux. Seuls les sifflements du vent et les cris rauques des mouettes meublaient le silence. Kendall se dit que, dans ces conditions, il n'était guère étonnant que la maîtresse de maison souffrait de dépression.

Quant à sir John, grisonnant, voûté, et avec son regard dolent derrière ses lunettes à verre épais, il semblait porter sur ses épaules tous les malheurs du monde. Craignant les courants d'air – nombreux dans son manoir – il portait toujours un foulard de soie autour du cou. Il avait une cinquantaine d'années, comme Kendall, mais le contraste entre les deux amis était frappant. Le policier était un homme énergique, de petite taille, à la chevelure flamboyante, à peine striée de fils d'argent aux tempes. Son visage piqué de rousseurs était éclairé par des yeux gris à l'expression déterminée, voire inquisitrice. Cette dureté du regard, qui trahissait son caractère inflexible, était tempérée par un sourire aimable, qu'il réservait en général à ses amis. Il était diversement apprécié à Chartham.

En revanche, sir John s'était attiré l'estime de tous. C'était un homme pieux et charitable, qui fréquentait volontiers le pub local, et dont la richesse personnelle n'avait apparemment suscité aucune jalousie. Depuis qu'il avait vendu les mines d'étain héritées de son père, il vivait juste de ses rentes. Lui-même n'était guère dépensier, mais il n'en allait pas de même pour son fils aîné Trevor, qui était précisément l'objet de ses tourments.

– Je ne sais vraiment plus que faire de lui, confia-t-il à son ami. C'est un bon à rien ! Tout le contraire de son frère !

Kendall ne pouvait qu'en convenir. Philip, le cadet des Leighton, était un garçon sérieux et travailleur, qui poursuivait de brillantes études d'ingénieur. Peut-être un peu timide, mais cela apparaissait comme une qualité face à l'arrogante assurance de son frère.

– Trevor est encore jeune, objecta-t-il machinalement.

– J'estime qu'à vingt-trois ans on doit être capable de s'assumer. L'an passé, j'ai bien cru qu'il avait trouvé sa voie lorsqu'il m'a annoncé qu'il allait s'engager dans la marine. Mais vous connaissez la suite. Il est revenu au bout de six mois, jurant de ne plus jamais remettre les pieds sur un bateau ! Et depuis, il ne fait rien, à part ses activités habituelles : les paris, les chevaux et la visite des pubs des environs. Entre-temps, j'ai pu remplacer ma voiture deux fois, car celles qu'il m'avait envoyées dans le décor étaient irréparables...

Oliver Kendall hocha la tête, compatissant. Après un éclaircissement de voix, il déclara :

— J'étais justement venu vous parler de lui, John.

Le châtelain poussa un profond soupir tout en rajustant son foulard de soie bleu.

— Je vous écoute, Oliver. Car avec lui, la liste des doléances n'est jamais terminée. Qu'a-t-il encore fait ?

— Rien de grave, je vous rassure tout de suite. Et en vérité, vous trouverez même ma démarche un peu déplacée. C'est Ruth qui m'a signalé le fait. Nous en avons discuté, et nous sommes tous deux arrivés à la même conclusion.

Sir John considéra son invité avec étonnement.

— Que vous arrive-t-il, Oliver ? D'habitude, vous êtes bien plus expéditif dans vos requêtes !

Le policier eut une moue embarrassée.

— C'est à propos de Sandra. Ruth l'a plusieurs fois surprise en compagnie de Trevor. La dernière fois, il l'aurait même emmenée à cheval faire une promenade dans les bois...

— Trevor ? Ah, c'est curieux ! Je croyais que c'était Philip qui en pinçait pour elle !

— C'est possible. Mais c'est Trevor le plus audacieux, vous le savez bien. Comprenez-moi, John. Ruth et moi n'y voyons rien de mal, mais nous pensons sincèrement qu'ils ne sont pas faits l'un pour l'autre. Sandra est une jeune fille innocente, sans la moindre expérience, fragile... et Trevor, à sa manière aussi. Comme vous l'avez dit, il n'a pas encore la maturité nécessaire. Il serait fâcheux, pour nous tous, de nous retrouver un jour dans une situation gênante...

Sir John se leva, gagna son bar, prit une bouteille de cognac et en proposa à son invité, qui ne déclina pas l'offre. Après avoir bu une gorgée, il déclara :

— Je comprends parfaitement votre inquiétude, Oliver, peut-être mieux que personne. Vous souhaitez donc que j'intervienne ?

Le policier fit oui de la tête.

— Je n'ai pas grande influence sur lui, reprit sir John. Mais je vous promets d'essayer. Cependant, j'ai peur d'une chose : il serait capable de prendre le contre-pied, rien que pour le plaisir de nous contrarier !

— C'est assez délicat, j'en conviens.

— Et qu'en pense la principale intéressée ?

— Sandra ? énonça Kendall, pensif. Eh bien, j'ai peur, moi aussi, qu'une interdiction brutale les rapprocherait davantage. C'est à ce propos, justement, que je viens vous demander conseil.

— Il est toujours difficile d'intervenir dans les affaires de cœur, n'est-ce pas ?

— Oui, sans doute. Le cœur paralyse la raison, c'est bien connu.

Sir John retira ses lunettes.

— J'ai rencontré récemment un de vos collègues, qui m'a fait une remarque analogue, en parlant justement de vous, Oliver. Au début de votre carrière, dans la capitale, vous avez connu des succès retentissants, en démasquant les plus habiles gredins. Alors qu'ici, à Chartham, vous n'avez pas eu le même succès.

— Vous faites allusion à cette mystérieuse série de vols ?

— Oui, entre autres.

— C'est vrai, répondit Kendall en contemplant pensivement son verre de cognac. Je n'étais pas très à l'aise dans cette enquête. Ruth est une enfant du pays, et par conséquent, je le suis devenu également. Ce qui était un handicap, je l'ai toujours dit à mes supérieurs ; pourtant, cela ne les a pas empêchés de me confier une nouvelle mission...

— Comme dit le proverbe, nul n'est prophète dans son pays !

— Prophète ? Vous ne sauriez pas si bien dire ! Savez-vous quelle est la profession de l'homme qui a acheté la maison des Miller ?

— Markale ? Le type qui est là depuis un mois ? Voyons... Il est peintre ou écrivain, me semble-t-il ?

— Non, il est voyant. Voyant extralucide...

Sir John dévisagea son hôte d'un air dubitatif, tout en vidant son verre de cognac. Puis, avec une note d'ironie dans la voix, il demanda :

— Saurait-il prédire l'avenir ?

— Entre autres, oui. Mais on le dit surtout spécialisé dans la recherche d'objets disparus.

— Vous ne croyez pas à ces choses-là, Oliver, n'est-ce pas ?

Le visage de l'inspecteur se durcit.

— Moi, non. Mais mes supérieurs, si. Il paraît que l'homme a déjà plusieurs fois aidé la justice dans ses investigations. On m'a d'ailleurs chargé de l'interroger, afin de retrouver le malfrat qui a braqué avant-hier une banque à Exeter.

3

Oliver Kendall parla d'un ton tranchant, qui trahissait sa profonde contrariété.

— Comprenez-moi bien, John. Pour moi, il ne fait aucun doute que ce type est un charlatan. Je l'ai dit et répété, mais personne ne veut me croire. À commencer par ma femme, qui me pousse elle aussi à aller le trouver. Elle est persuadée de ses pouvoirs exceptionnels ! Ce gredin lui a fait peur. Il y a quinze jours, il est passé à la maison pour nous acheter une table. Je n'étais malheureusement pas là. Il en a profité pour lui annoncer je ne sais quelle catastrophe. Et depuis, elle est si inquiète qu'elle a perdu tout esprit critique.

— Oui, ça me revient maintenant, fit le châtelain avec un claquement de doigts. Deborah m'a parlé de lui récemment. Elle m'a dit qu'il était à la recherche de la source de Sibyl...

Le policier eut un ricanement nerveux.

— Alors, j'espère qu'il l'a trouvée, car je vais avoir besoin de ses services ! Bon sang, si quelqu'un m'avait dit que je devrais un jour mener mes enquêtes à partir de telles foutaises, je lui aurais ri au nez !

— Méfiez-vous quand même, déclara gravement

sir John. On a beau rire de ces choses-là, voyez ce qui est arrivé à Deborah...

L'inspecteur alluma une cigarette, songeur.

— Au fait, comment va-t-elle ? Je l'ai souvent croisée ces jours-ci. Elle m'a semblé plus détendue...

— Plus détendue ? Vous trouvez ? Au village peut-être ! Mais ici, c'est bien simple, elle nous ignore tous les trois, comme si nous n'existions pas. Elle ne s'enthousiasme pas plus pour les bons résultats de Philip qu'elle ne réagit lorsque Trevor commet une nouvelle bêtise. La seule personne avec qui elle a des rapports plus ou moins normaux, c'est votre femme...

— Je sais. Ruth a un don particulier pour écouter les gens... Et ses promenades nocturnes ?

— Aucune amélioration de ce côté-là, hélas ! Quand il y a du vent, comme ces temps-ci, j'ouvre l'œil. Mais elle finit toujours par réussir à tromper ma vigilance. J'ai bien peur qu'un jour elle ne finisse par se rompre le cou... comme ce pauvre Henry.

Imitant son hôte, Kendall vida son verre. Il n'ignorait rien du calvaire enduré par son ami, l'ayant même déjà aidé à rechercher sa femme à la lueur des lanternes. Régulièrement, Deborah se levait en pleine nuit, courait le long des falaises au mépris de tout danger, et appelait son fils en s'adressant à l'océan. Et impossible de lui faire entendre raison. Plusieurs spécialistes avaient été consultés en pure perte. Et cette psychose durait depuis trois ans, depuis que Henry avait fait cette chute vertigineuse, un soir de novembre...

L'accident avait eu des témoins. Le plus jeune des Leighton, qui devait avoir quatorze ans, se promenait le long des falaises avec quelques amis, tous passablement éméchés après avoir fêté un anniversaire à l'auberge. Déstabilisé par une rafale, il était tombé du haut de la falaise, dans les écueils bouillonnants d'écume, sous les yeux effarés de ses compagnons, totalement impuissants. Comme il y avait de vifs courants marins à cette époque de l'année, son corps emporté au large n'avait jamais été retrouvé. Pour tous, sa mort ne faisait aucun doute, mais sa mère s'obstinait à le croire en vie. Sans doute parce qu'elle se sentait coupable. À tort ou à raison ? Kendall, sceptique de nature, doutait fort des pouvoirs de la source de la sirène Sibyl, cette vieille légende locale, qu'on disait être à l'origine du drame. En revanche, il était convaincu de la croyance aveugle et de la crédulité des gens du pays, comme Deborah Leighton. À l'évidence, le mythe de la source avait conféré à la chute une ampleur tragique et mystérieuse, qui n'avait fait qu'aggraver la détresse de la mère du disparu. Mais voilà qu'à présent Ruth semblait également faire cas de ces stupides superstitions, ajoutant créance aux prédictions de ce prétendu devin ! Il avait bien entendu essayé de lui faire entendre raison, sans y parvenir.

Réprimant un nouvel accès de colère à cette idée, il déclara d'une voix sifflante :

— Ce type-là est un escroc et je le prouverai tôt ou tard !

— Lui avez-vous déjà parlé ?

— Non, pas encore. Du moins pas entre quatre yeux.

— Qu'allez-vous faire finalement ?

— Aller le consulter, parce qu'on me l'a fortement conseillé, afin de tenter de retrouver la trace de ce cambrioleur. Et me couvrir de ridicule par la même occasion !

— A-t-on déjà une piste ?

— Oui, mais elle s'est perdue dans la nature, quelque part dans la forêt. Bon, je vais vous expliquer brièvement l'affaire, d'une affligeante banalité soit dit entre parenthèses. Un homme masqué a commis un hold-up dans une banque d'Exeter, puis a filé avec une voiture volée. Fort heureusement, des véhicules à nous, qui patrouillaient dans le secteur, ont pu lui donner la chasse. Il a roulé à tombeau ouvert jusqu'à la lisière de la forêt, où l'on a retrouvé son véhicule. Mais plus aucune trace de lui, ni du butin. La zone a ensuite été quadrillée, en vain. Il a vraisemblablement réussi à glisser entre les mailles du filet que nous lui avons tendu. Jusque-là, rien d'extraordinaire, en somme. L'ennui, c'est que le grand patron a appris que Markale séjournait au village... Patrick Markale, ce voyant extralucide bien connu de la police de Manchester et de Liverpool... Paraît-il, il l'aurait aidée à élucider pas mal d'affaires grâce à ses dons exceptionnels...

— Ce type a peut-être de réels pouvoirs, après tout ! fit remarquer sir John.

Kendall hocha la tête en souriant.

— Cela vous plairait-il de le voir à l'œuvre ? Si oui, vous n'avez qu'à me suivre, car je vais l'interroger de ce pas. Autant en terminer au plus tôt avec ces lamentables pitreries !

4

Kendall constata que rien n'avait changé dans la petite maison de feu Mrs Miller. Un intérieur modeste, un peu fruste, mais chaleureux. Rien, excepté la table au milieu du salon, qu'il reconnaissait également puisqu'il s'agissait de la sienne. Une vieille table ronde en sapin, sans éclat et un peu de guingois, dont il avait été heureux de se débarrasser. L'accueil du voyant l'avait surpris, car il s'attendait à une rebuffade ou au moins à une certaine réticence. Patrick Markale avait reçu les visiteurs avec un calme débonnaire, sans faire la moindre difficulté devant la requête du policier, comme s'il s'agissait pour lui d'une démarche naturelle. Déconcerté, Kendall avait du mal à le cerner. Le voyant apparaissait à ses yeux comme quelqu'un de tout à fait ordinaire. Seule la profondeur de son regard semblait le différencier du commun des mortels.

L'ancien salon de Mrs Miller était une petite pièce basse de plafond, mal éclairée par d'étroites fenêtres. Markale tira les rideaux de l'une d'elles, tout en disant :

– Je ne vais pas faire le noir total, rassurez-vous. Mais un peu d'ombre favorise la concentration.

— Faites tout ce qui vous semble nécessaire, persifla le policier. L'essentiel est que vous parveniez à vos fins. Je suppose que vous allez opérer ici même, à cette table ?

— Oui, à votre ancienne table, Mr Kendall, souligna le devin en souriant.

— Je vois. Vous l'avez donc spécialement choisie pour... cette fonction particulière ?

— Spécialement, c'est beaucoup dire. En fait, c'était surtout celle de Mrs Miller qui ne convenait pas, car elle était pourvue de renforts métalliques, ce qui perturbe invariablement chacune de mes tentatives. J'ai fait plusieurs essais... tous infructueux. Avec celle-ci, il ne devrait pas y avoir de problème. Cela étant dit, je ne vous garantis rien, d'autant que... (le regard de Markale se tourna lentement vers le policier)... je vous sens un peu tendu, Mr Kendall, cela risque fort de nuire à notre expérience.

Le policier hocha tête, le sourire aux lèvres.

— Vous m'excuserez, Mr Markale, mais je n'ai pas l'habitude de recourir à de tels procédés. Pour être franc, je serais vraiment très étonné que vous parveniez à vos fins.

— Sceptique en plus ! fit Markale, sérieux. Cela non plus n'est pas favorable. Je crois que c'est un peu la maladie de votre profession, n'est-ce pas ?

— Oui, si vous voulez. Mais une maladie bénéfique, pour l'ensemble de la société, car elle me permet souvent de démasquer les coupables et les imposteurs...

Markale ne releva pas l'allusion. Ses yeux faisaient le tour de la pièce, comme à la recherche d'une éventuelle imperfection, lorsqu'il demanda soudain à ses hôtes :

— Auriez-vous une carte de la région ?

— Une carte routière ?

— Oui, un plan des lieux, afin de pouvoir localiser ce que vous recherchez. Je ne suis ici que depuis quelques semaines, et je ne connais guère la région.

— Si c'est indispensable, intervint sir John, je peux retourner au manoir...

Markale secoua la tête.

— Non, ce n'est pas absolument nécessaire. Je vais prendre une feuille de papier. Vous me ferez un plan des environs, en m'indiquant l'endroit approximatif où a disparu le fugitif.

Sir John esquissait rapidement un croquis, représentant grossièrement la ligne du littoral, la localisation des villages proches, et une zone hachurée pour la partie boisée.

— Ça devrait aller, commenta Markale, qui avait sorti un pendule de sa poche.

Kendall fut un peu déçu, compte tenu de la réputation du devin. Il s'attendait à ce qu'il fasse apparaître une boule de cristal, dans un éclairage particulièrement étudié, et non une simple ficelle terminée par une vulgaire pierre de verroterie. Il s'attendait également à ce que le prétendu voyant fasse montre de violents efforts de concentration, transpire, crispe son visage comme s'il luttait pour arracher la vérité à quelque mystérieuse entité invisible. Mais rien de tout cela. Markale fit juste osciller son pendule au-dessus du plan sommaire, simplement attentif, pendant une ou deux minutes. Après quoi, il traça une croix à peu près au centre de la zone hachurée.

— C'est ici, dit-il.

— Ici ? s'étonna Kendall. Mais c'est très vague. Et de quoi parlez-vous ? Du voleur ou du magot ?

Markale porta la main au front, comme pour mieux se concentrer.

— Je sais simplement que c'est à cet endroit... Il

doit y avoir un pont en pierre... Je ne puis vous en dire davantage.

Après avoir remercié le voyant pour ses services, sir John Leighton et son ami prirent congé et retournèrent au manoir.

Enfoncé dans son fauteuil, le maître des lieux déclara à son compagnon :

— Ce dont nous sommes sûrs, à présent, c'est qu'il ne s'agit pas d'un escroc. Sinon, il n'aurait pas manqué de vous faire payer la consultation !

— Oh ! ne vous y fiez pas, dit Kendall en allumant une cigarette. Cette manière de nous répondre : « Non, jamais quand il s'agit d'aider la justice », avec un tel désintéressement, cela me rend plutôt soupçonneux. C'est la meilleure façon d'appâter les pigeons. Je gage qu'en d'autres circonstances il ne doit pas hésiter à demander le paquet ! Mais, pour le moment, on ne peut pas dire que ses indications nous aient été d'un grand secours...

— Vous connaissez bien la région ? demanda pensivement sir John.

— Plus ou moins, mais je n'ai pas de souvenir précis du secteur qu'il désignait. Cela dit, il n'est pas impossible qu'il y ait un pont...

— Que comptez-vous faire ?

Kendall, qui allait et venait devant la cheminée de granit, s'immobilisa soudain.

— Je vais simplement rendre compte de notre séance au patron. À lui de lancer les recherches. Moi, je ne tiens pas à être la risée du service. Vous permettez que j'utilise votre téléphone ?

— Bien volontiers, répondit sir John qui, venant de gagner sa bibliothèque, avait ouvert un volumineux atlas.

La conversation téléphonique dura cinq bonnes minutes, et Kendall raccrocha après avoir précisé qu'il se trouvait chez le châtelain.

— Une escouade de Launceston va jeter un coup d'œil. Ce n'est pas loin de l'endroit désigné. Il paraît qu'il y a effectivement un pont dans ce coin-là.

— Oui, c'est ce que je vois sur cette carte.

— Un pont ! s'exclama le policer en levant les yeux vers le plafond. Mais bien sûr qu'il y a un pont ! Un pont en pierre ! Il n'y a d'ailleurs que ça dans la région... Facile à faire, ce genre de prédiction ! Surtout si on ne précise même pas ce qu'on pourrait y trouver ! John, vous voudriez bien me rendre un service ?

Une lueur de malice brilla derrière les lunettes du châtelain.

— Bien sûr, surtout quand il s'agit d'aider la justice...

— Servez-moi encore un verre de votre excellent cognac. La Justice en a besoin !

Quelques instants plus tard, les deux hommes étaient installés devant un jeu d'échecs, une passion commune. D'ordinaire, la partie était équilibrée. Les brillantes combinaisons de Kendall péchaient par leur excès d'audace et butaient sur la lente prudence de sir John. Mais, ce jour-là, Kendall commit plusieurs fautes d'inattention, qui le mirent en bien mauvaise posture. Il finit par perdre sa reine après une heure de jeu.

— Décidément, je commets une erreur après l'autre ! Ce n'est vraiment pas mon jour. Cela va peut-être vous faire sourire, mais je n'arrête pas de penser à notre mage local !

— Auriez-vous révisé votre jugement à son égard ?

— Non, mais j'avoue qu'il me déconcerte. Cette espèce d'humilité, si peu en accord avec le personnage...

La sonnerie du téléphone retentit à ce moment-là. Après avoir décroché et écouté, sir John tendit le récepteur à son ami :

– C'est pour vous.

Kendall se présenta d'une voix sèche. Sir John le vit demeurer un moment silencieux, les sourcils froncés, puis s'exclamer :

– Quoi ! Vous êtes sûr de ce que vous dites ?... Mais ce n'est pas possible !... Ce doit être autre chose... Ah, très bien... Oui, j'arrive. Je serai au poste dans une heure, le temps du trajet...

Le policier était blême lorsqu'il raccrocha. Il secoua plusieurs fois la tête en signe de profonde incompréhension, puis laissa tomber d'une voix blanche :

– Ils viennent de retrouver la somme volée... dans une sacoche... *Une sacoche cachée derrière un des piliers du pont !*

5

Ruth se trouvait dans la cuisine, songeuse et inquiète. Oliver venait de la quitter pour se rendre sans tarder à Launceston. La découverte du butin ne l'étonnait guère. Elle avait compris d'emblée que Patrick Markale n'était pas un homme ordinaire. Chaque fois qu'elle pensait à lui, qu'elle évoquait son image, qu'elle se remémorait sa voix grave et lente, elle était saisie d'un frisson. Elle aurait aimé se confier à quelqu'un, mais elle était seule. Sandra était également sortie. Elle se dit alors que c'était le moment de jeter un coup d'œil dans la bibliothèque de son père.

Malgré une minutieuse inspection, elle ne put déterminer quels ouvrages avaient été récemment touchés. Néanmoins, elle remarqua certains titres assez inquiétants. En les feuilletant, et en regardant de près les illustrations, elle eut la confirmation de ses soupçons : il y avait là en effet de quoi perturber l'esprit d'une jeune fille. Certains détails étaient même franchement scabreux.

Ruth s'étendit sur le divan, à la fois lasse et angoissée. Au bout de quelques instants, elle sentit comme une légère indisposition. La pièce était confortable, mais vaguement oppressante. De quoi cela provenait-il ? De l'odeur légère de renfermé, des vieux livres ? Des livres eux-mêmes ? Oui, c'était sans doute cela. Pour en avoir le cœur net, elle se redressa, s'empara de quelques ouvrages, et les consulta avec plus d'attention.

Le premier qu'elle ouvrit, *Mythologie des filles de l'eau*, était traduit de l'allemand. L'auteur y recensait les diverses nymphes et sirènes, allant des femmes-oiseaux de l'antiquité aux fées lavandières. Au moment de le refermer, elle songea soudain à la fameuse Sibyl, la sirène de la source. Il était peu probable qu'il y fût fait mention, mais, pour s'en assurer, elle se replongea dans sa lecture. Au tout début, elle n'apprit pas grand-chose, n'ignorant pas que les sirènes l'emportent en charme et en beauté sur les femmes terrestres les plus attirantes, ni que leur chant demeure une de leurs meilleures armes de séduction, comme cela était illustré avec l'épisode d'Ulysse soumis à l'épreuve des sirènes ; ni qu'elles soient dotées d'une sensualité insatiable ; ni qu'elles tirent leur grand potentiel amoureux de leur abondante chevelure qu'elles lissent inlassablement à la surface de l'eau avec un peigne d'or, en prenant des poses lascives.

On les trouvait évidemment à proximité de l'eau, soit dans l'océan, les rivières, les lacs, soit près des sources et des fontaines, et elles prenaient selon le cas le nom de naïades, ondines ou nymphes. Il était possible de les arracher à leur milieu naturel, mais elles devenaient alors malheureuses et inconsolables.

Ce que Ruth ignorait, en revanche, c'est qu'elles étaient jalouses et possessives. Bien qu'elles-mêmes adoptent des mœurs légères, elles ne supportaient pas les infidélités des hommes qu'elles séduisaient ou épousaient. À la moindre trahison, elles n'hésitaient pas à se venger cruellement. Même si elles-mêmes les quittaient, leur union ne pouvait être dissoute pour autant. Elles réapparaissaient pour tuer leurs compagnons terrestres si ceux-ci se remariaient.

Parfois, cette vengeance semblait indépendante de leur volonté, comme en témoignait l'histoire de la Lorelei, l'infortunée sirène allemande, qui regrettait sa beauté et se lamentait d'apporter le malheur aux hommes. En tout état de cause, l'issue de leurs relations amoureuses demeurait dramatique. Même si certaines d'entre elles étaient bien intentionnées, elles restaient synonymes de danger. Il fallait doublement s'en méfier car celles qu'on appelait des ondines apparaissaient sous forme humaine, sans queue de poisson à la place des jambes, et vêtues.

Peut-être comme cette Sibyl, songea Ruth qui, à partir de ce moment-là, marqua un intérêt plus soutenu dans sa lecture.

« *Les dames des fontaines ont la réputation de troubler l'esprit de ceux à qui elles se montrent. Leur regard fascine. Le mortel qui par hasard les contemple est aussitôt la proie d'un grand trouble, voire d'une folie. Elles invitent parfois les voyageurs à boire un liquide magique, faisant resurgir leurs propres tourments... Les fontaines jaillissent souvent à l'endroit où une naïade a pleuré un amour déçu...* »

Ruth esquissa un sourire, ne manquant de faire une nouvelle fois le parallèle avec la légende de la source.

« *Depuis l'antiquité, les sirènes et les nymphes ont fait la preuve de leurs dons multiples, mais celui qui prévaut est indiscutablement la divination. La nymphe Cassotis avait fait cadeau de sa source à l'oracle de Delphes, donnant ainsi le pouvoir de prophétie aux prêtresses d'Apollon...* »

Grave et songeuse, Ruth hocha la tête, se disant

que cette histoire locale plongeait ses racines dans un passé très lointain. Elle n'avait du reste jamais douté de son authenticité. Une note en bas de page attira son attention, car elle renvoyait à un autre livre, traitant de divination qui, par hasard, se trouvait être un de ceux qu'elle avait sélectionnés. La coïncidence lui arracha un léger sourire.

Elle s'empara du second volume, puis s'installa confortablement pour le lire. Elle ne vit pas le temps passer, captivée par l'évocation des plus célèbres prédictions, qui avaient également débuté dès l'antiquité.

Soudain, un bruit la fit tressaillir. La porte d'entrée grinçait !

Mon Dieu, c'est Sandra ! se dit-elle. Elle ne doit pas me voir ici. Je n'y vais jamais et elle va à coup sûr trouver cela bizarre !

Ruth se hâta de remettre les livres à leur place, mais, prise de panique, elle perdit un temps considérable. Elle venait de ranger le dernier volume lorsque la porte s'ouvrit sur la jeune fille.

Sandra, surprise, ouvrit grand la bouche.

— Maman ! Mais que fais-tu ici ?

— Rien, rien... juste un peu de ménage.

Sans un mot, la jeune fille prit une profonde inspiration, avant de tourner les talons.

Confuse, Ruth se dit que, de toute évidence, elle ne l'avait pas crue. En retournant à la cuisine, elle passa devant la chambre de Sandra. Elle haussa les épaules, puis, intriguée, s'arrêta. Collant son oreille à la porte, elle entendit alors nettement les sanglots étouffés de sa fille.

*

Outre les chevaux et les paris, Trevor Leighton avait une autre passion, qu'il tenait d'un grand-père, qu'il n'avait du reste jamais connu. Un jour, en fourrageant dans les combles, parmi les malles et les vieux coffres, comme il adorait le faire, il trouva une série de poignards, qu'il décida aussitôt de faire sienne. Il n'avait alors que douze ans et considérait sa découverte comme une cachette de pirates. Il joua longtemps en secret avec ces armes, se gardant bien d'en parler à son frère, qu'il détestait déjà à cette époque. Par la suite, il fut intrigué par la diversité des poignards. Cela l'incita à consulter les ouvrages de la bibliothèque, et c'est alors qu'il commença à les trier selon leur origine et leur ancienneté. C'est peut-être pour cette raison qu'il obtint des résultants satisfaisants en histoire et en géographie, car, pour le reste, il était plutôt médiocre. Son intelligence ne pouvait être mise en cause, mais il était trop dissipé pour fournir un travail constant. Au village comme au collège, on ne comptait plus ses frasques. Pourtant, avec son allure sportive, ses cheveux noirs rejetés en arrière, son sourire franc et sa voix chaleureuse, on lui aurait donné le bon Dieu sans confession.

La découverte d'une seconde malle remplie d'autres armes blanches le décida à poursuivre la collection commencée par son aïeul. Dans le couloir lambrissé de chêne, qui menait à sa chambre, à l'étage, il exposa ses trésors, avec l'ordre formel à quiconque de n'y pas toucher. « Quiconque » désignant notamment son frère Philip, qui aurait passé un mauvais quart d'heure s'il avait eu le malheur de passer outre à l'interdiction.

C'était toujours avec fierté qu'il passait devant ses poignards remarquables. Non sans satisfaction, il voyait briller dans la pénombre leurs lames acérées ou leurs fourreaux finement ciselés. C'étaient autant d'œuvres d'art, auxquelles il tenait comme la prunelle de ses yeux. Avec ses besoins dispendieux, Trevor était constamment en manque d'argent, mais jamais il n'aurait accepté de se séparer d'un seul de ses trésors, y compris ceux de peu de valeur qu'il conservait dans un coffre. Un jour, Philip avait impudemment signalé à son père : « Il y en a pour une petite fortune ! Trevor serait bien inspiré de les vendre, au lieu de continuer à te détrousser comme un brigand ! » Sur le coup, Trevor l'aurait volontiers giflé, mais, à y réfléchir de près, sa remarque l'avait fait rire aux larmes, tant son frère ne croyait pas si bien dire !

Parfois, il lui prenait l'envie de s'emparer d'un de ses trésors, de s'en servir avec la violence frénétique d'un vandale, de lacérer tout ce qui se trouvait à portée de main, et notamment les nombreux tableaux disposés un peu partout dans le manoir. Ce désir était plus vif lorsqu'il rentrait tard dans la nuit, l'esprit embrumé par la boisson. Philip n'aurait alors pas eu intérêt à le croiser dans le couloir. Celui-ci le savait d'ailleurs fort bien, car il l'évitait à ces moments-là.

Rien qu'à sa seule évocation, Trevor sentait la colère monter en lui. Philip, ce frère toujours cité en exemple, autant choyé par son père que par sa mère – à l'époque où elle jouissait encore de toutes ses facultés. « Philip le studieux, Philip l'honnête, Philip le parfait... » À les écouter, il n'avait aucun défaut. Et cela, d'aussi loin qu'il s'en souvînt. À ses yeux, son frère était devenu un véritable obstacle. Sans lui, il en était certain, son père aurait été bien plus accommodant à son endroit. Hélas ! cette constante comparaison entre lui et Philip le faisait toujours passer pour le vilain petit canard.

Que d'humiliations il avait endurées ! Que de remontrances !

Mais, pour parfait qu'il fût, ce frère bien-aimé de

tous avait un point faible. Trevor ne s'en était rendu compte que récemment. Depuis lors, il n'avait pas manqué d'exploiter cette faille. Sa manœuvre était somme toute plus efficace qu'une sauvage agression contre les tableaux et, de surcroît, pas désagréable du tout...

*

Installée dans le salon d'hiver qui offrait une belle vue sur le littoral, Deborah Leighton semblait plongée dans la contemplation de l'océan. Un observateur superficiel lui aurait donné une trentaine d'années. Avec sa taille mince, ses cheveux blonds, ses joues creuses et son regard fixe, on eût dit une jeune femme attendant le retour de son amoureux. Ses rides accusaient pourtant son âge, et l'on ne pouvait manquer d'être frappé par son expression angoissée.

Certains la tenaient pour folle, et elle convenait elle-même qu'elle n'était plus la femme qu'elle avait été avant la disparition de son fils. Mais c'était là un jugement bien excessif. Folle ? Non, elle était parfaitement consciente, et peu lui importait désormais ce que pensaient les autres. Il eût été inutile et vain de vouloir leur expliquer la lutte permanente qu'elle menait. Deborah essayait de concentrer son attention sur des choses sans intérêt, des futilités, voire des objets simples qui s'offraient à sa vue. Elle voulait oublier, ne penser à rien, et surtout pas à ceux qui lui étaient chers. Difficile exercice s'il en est. Régulièrement, des visages connus revenaient dans ses pensées, ainsi que des images familières...

Certains souvenirs étaient à la fois nets et flous, doux et amers, comme cette promenade en forêt, par un bel après-midi du mois de mai. Elle se voyait parfaitement remonter le sentier, joyeuse et folâtre, de si bonne humeur qu'elle avait fini par se perdre en chemin. Il lui avait alors semblé apercevoir, au milieu d'un bouquet de sapins, la silhouette d'une gracieuse jeune fille. L'instant d'après, elle avait disparu, comme si elle s'était enfuie en la voyant. Parvenue à cet endroit, elle avait découvert une source qui jaillissait entre deux rochers. Son eau était fraîche et délicieuse. Elle y avait bu abondamment... Coupant à travers bois et suivant le soleil, elle n'avait eu aucune peine à retrouver la direction du manoir. C'est alors seulement qu'elle se remémorait cette vieille légende locale. Elle en avait ri, en compagnie de sa famille, lorsqu'elle avait narré son aventure le soir au dîner. John avait néanmoins manifesté un soupçon d'inquiétude, car, à sa connaissance, il n'y avait pas de source à cet endroit-là.

La nuit même, elle avait fait un affreux cauchemar. Des êtres invisibles s'étaient emparés de Henry qui se promenait au bord de la falaise, et l'avaient brutalement projeté dans le vide... Elle s'était confiée le lendemain à son mari qui, pour la tranquilliser, était parti à l'emplacement qu'elle lui avait décrit. La source demeura cependant introuvable. À partir de ce moment-là, son appréhension n'avait fait que croître, et elle s'acharnait à mettre Henry en garde contre le danger qui le menaçait. Peine perdue. Le drame avait fini par se produire, exactement comme dans ses rêves. Depuis, elle s'efforçait de ne penser à rien ni à personne. Elle était devenue dangereuse pour ses semblables...

Son subconscient refusait de croire à la mort de son fils. Puisque son corps n'avait pas été retrouvé, l'espoir demeurait. Elle ignorait ce qu'il faisait en ce moment, où il se trouvait mais elle ne doutait pas que, tôt ou tard, il finirait par se manifester, d'une manière ou d'une autre, et vraisemblablement à l'endroit où il avait disparu. Cette conviction l'amenait donc inlassablement à se rendre sur les falaises. Elle s'imaginait qu'avec l'indicible joie de revoir son cher petit Henry, cette sombre malédiction prendrait fin.

6

26 juillet

Dans un coin de la salle du *Cygne Blanc*, au milieu d'un épais nuage de tabac et du brouhaha habituel, sir John et son ami l'inspecteur s'entretenaient à voix basse.

— Ou ce type-là a eu un coup de chance énorme, grommela Oliver Kendall, la main serrée autour de sa chope de bière. Ou alors il faut sérieusement remettre en cause son honnêteté, ce que je serais assez enclin à faire.

— Qu'en pense votre femme ?

— Ruth ? Mais elle est de plus en plus persuadée de ses pouvoirs, naturellement !

Le châtelain demeura pensif un moment.

— Et vous dites que l'argent volé a été retrouvé sous le pont, à l'endroit qu'il a désigné ?

— Oui. Le butin était intact. Il ne manquait pas une seule livre sterling. Dès qu'ils ont été prévenus, mes collègues sont immédiatement allés y jeter un coup d'œil. Le grand patron jubile... Que dis-je, il triomphe ! Il m'a certes félicité pour mon entretien avec Markale, mais en même temps m'a traité d'esprit rétif et borné, qui gagnerait à s'ouvrir aux sciences nouvelles !

– Il faut admettre que là, Markale a frappé fort. Nous avons été tous témoins de sa brillante démonstration, et il est difficile de croire à la chance. N'est-ce pas votre avis ?

– Si, grogna Kendall. Une telle coïncidence serait par trop extraordinaire. Mais il peut y avoir une autre explication...

– Laquelle ?

– C'est qu'il soit lui-même le voleur !

– Dans quel but aurait-il fait cela, puisqu'il a fini par restituer le butin ?

– Ça, c'est une ruse, une manœuvre subtile pour détourner les soupçons. Son but n'était pas l'argent – il ne s'agissait d'ailleurs que d'une somme modeste – mais la gloire qu'il tirait de son succès. Je n'ai pas encore eu le temps de mener ma petite enquête, mais je parie qu'il a déjà procédé de cette manière : commettre exprès quelques menus larcins pour, ostensiblement, les faire retrouver grâce à ses prétendues visions. D'ailleurs, ce vol est assez singulier en soi. Je me suis renseigné. Le malfaiteur avait une belle avance sur les policiers, si bien qu'il avait peu de risques d'être attrapé. Dans ce cas précis, cette voiture laissée en évidence à la lisière de la forêt... On se demande d'ailleurs pourquoi. Deux kilomètres plus loin se trouve le pont sous lequel on a découvert le butin. Nouvelle question : pourquoi l'a-t-il abandonné là ?

– Il peut y avoir plusieurs réponses, objecta sir John. Il l'avait caché là par exemple afin de pouvoir, en toute sécurité, circuler comme tout honnête citoyen, sans que rien puisse le confondre.

– Je vous le concède. Pour ce faire, il aurait même pu prendre un vélo, traverser la forêt avant que les policiers aient cerné les lieux, et gagner Chartham avant la nuit.

— Avez-vous soumis cette hypothèse à vos supérieurs ?

Kendall leva les bras au ciel.

— Oui, mais pensez donc, notre homme est intouchable pour le moment ! Selon eux, « Markale est le meilleur allié que la police ait jamais connu jusque-là ».

Sir John secoua la tête en souriant.

— Vous, Kendall, vous êtes sceptique de naissance. C'est une qualité mais aussi un défaut. Ce voyant pourrait effectivement avoir des dons hors du commun. D'ailleurs, et cela intercède en sa faveur, il n'en fait pas étalage.

— C'est un habile hypocrite, croyez-moi ! Je suis sûr qu'il s'est arrangé pour que la police sache qu'il a emménagé dans le secteur, afin d'être aussitôt sollicité.

Sir John eut une moue incrédule :

— Je viens de m'entretenir avec Jo tout à l'heure, répliqua-t-il. Il m'a confié des choses surprenantes...

— À propos de Markale ?

— Oui. Nous parlions incidemment de lui, et j'ai vite compris que Jo avait un secret sur le cœur. Je n'ai pas eu de mal à lui tirer les vers du nez. Il n'était pas très fier de me le raconter, mais l'autre l'avait tellement ébranlé...

Lorsque le châtelain eut retracé à son ami les confidences de l'aubergiste, Kendall posa fermement son poing sur la table.

— Il ne faut pas être fin psychologue pour remarquer que Jo est jaloux. Cela se devine rien qu'à voir la différence d'âge entre lui et sa femme, ou le rouge de la colère lui monter à la tête lorsqu'un regard s'attarde sur elle. Quant à cette histoire de marque de bière, il a pu apprendre ce détail par n'importe quel client. Vous savez, ces escrocs sont diaboliquement rusés et ils disposent de tous les moyens possibles pour se renseigner à fond sur le théâtre de leurs futurs exploits.

— Vous avez toujours réponse à tout, mon cher, concéda sir John en sortant de sa veste un porte-cigarettes en argent et en le présentant ouvert à son ami.

— C'est mon métier. L'ennui, c'est qu'on me le reproche à présent. Mais, croyez-moi, je n'ai pas dit mon dernier mot dans cette histoire. Si cet imposteur est venu s'installer ici pour berner les gogos de la région, il va me trouver en travers de son chemin ! Je vais m'employer à le démasquer !

— S'il est habile, ce ne sera pas chose aisée.

Kendall eut un sourire sardonique.

— Croyez-vous ? Je viens d'avoir une idée, d'une extrême simplicité... qui me permettra de le prendre à son propre piège.

— C'est-à-dire ?

— Le consulter, afin de lui soumettre quelque nouveau mystère. Des énigmes locales qui n'ont jamais été éclaircies...

Sir John approuva de la tête :

— Oui, c'est excellent. Demander son avis sur un mystère inexpliqué sur lequel il se cassera immanquablement les dents !

— Et je me chargerai alors de lui faire la publicité qu'il mérite. À propos, auriez-vous une idée ? J'ai songé à cette série de vols, mais ce serait mieux s'il y avait une affaire plus vieille encore...

Après réflexion, sir John répondit :

— Il y a le cas Tyler, qui remonte à huit ou neuf ans. Vous n'étiez pas encore ici. Annie Tyler, qui a un beau jour disparu sans laisser de traces.

— Ça me dit vaguement quelque chose, réfléchit Kendall. N'est-ce pas l'ancienne tenancière de cette auberge ?

— Exact ! c'était une femme assez vulgaire et qui buvait, mais non dépourvue d'attraits. On la disait plutôt volage, ce qui ne devait sans doute pas être faux. Son mari, vous le connaissez, c'est le vieux Sam qui habite au fond de l'impasse derrière l'église. Il ne s'est jamais remis de la disparition de sa femme et a vendu son auberge l'année suivante. Il a sombré dans l'alcool, et aujourd'hui n'est plus qu'une loque.

— Annie aurait filé avec un client de passage ?

— C'est ce qu'on a pensé. À l'époque, un représentant en spiritueux, installé quelques jours à l'auberge, ne cachait guère l'intérêt qu'il portait à la patronne. D'ailleurs, son départ a coïncidé avec la disparition d'Annie.

— Où est le mystère, dans ce cas ?

Le châtelain se pinça les lèvres.

— Annie avait déjà fait quelques escapades. Mais là, elle n'est jamais revenue. Pas un mot, pas une explication, et elle n'a toujours pas donné le moindre signe de vie. Or, comme je vous le disais, huit ans se sont écoulés.

Kendall acquiesça avec une évidente satisfaction.

— Parfait, ce sera un très bon exercice pour notre mage. S'il parvient à nous dire où se trouve aujourd'hui Annie Tyler, nous n'aurons plus qu'à nous incliner devant ses pouvoirs. Mais cela m'étonnerait beaucoup !

7

28 juillet

À bien des égards, Philip Leighton ne ressemblait guère à son frère. Avec ses cheveux blonds, son teint pâle et son air rêveur, il semblait plus fragile, moins bien armé pour affronter l'existence. Mais ce n'était qu'une apparence. Philip avait un caractère décidé et opiniâtre. Jusque-là, il avait toujours atteint les buts qu'il s'était fixés, ayant passé avec succès tous ses examens scolaires. En sport aussi, grâce à une pratique assidue, il avait obtenu de bons résultats. Pourtant, ces temps-ci, il venait de constater avec désarroi que la réussite d'un projet ne dépendait pas uniquement de sa propre volonté et de son énergie. Certains éléments échappaient à son contrôle, semblant mus par des forces mystérieuses et fantaisistes. Sandra faisait partie de ceux-ci...

Il avait quatorze ans lorsqu'elle s'était installée au village avec ses parents. Il était à peine plus âgé qu'elle, mais cela ne les avait pas empêchés de jouer ensemble. Il la considérait comme une bonne camarade, agréable et attachante. Il était même secrètement amoureux d'elle. Par la suite, pris par ses études, il ne l'avait rencontrée qu'occasionnellement. Elle lui semblait alors différente, mystérieuse, lointaine, et il s'était efforcé de l'oublier. Mais cette année, au début de l'été, il l'avait retrouvée dans des circonstances peu banales.

Par une nuit de pleine lune, incapable de fermer l'œil, il était allé prendre l'air et s'était rendu dans une des criques au bas de la falaise. Chaque détail de cette rencontre était resté gravé dans sa mémoire. Il avait perçu une musique douce et mélancolique, qui l'avait curieusement troublé. Il s'était alors arrêté... La lune argentée jouait sur la surface de la mer. Près du rivage, une charmante jeune fille, enfoncée dans l'eau jusqu'aux hanches, peignait sa longue chevelure claire en fredonnant. Il avait d'abord cru être le jouet de son imagination, tant ce tableau lui semblait irréel. Puis il avait reconnu Sandra...

Mais Dieu, qu'elle avait changé ! Sa camarade de jeux s'était transformée en une si gracieuse créature qu'il en avait eu le souffle coupé. Elle avait sursauté en remarquant sa présence, ramené pudiquement ses bras sur sa poitrine, puis avait souri en le reconnaissant. Ils avaient échangé quelques mots, assez confusément en ce qui le concernait, car il s'était senti terriblement impressionné.

Il l'avait revue les jours suivants, sans réussir à dominer le tumulte qui se faisait en lui. Sandra semblait ravie de ces retrouvailles, quelque chose de nouveau s'était produit entre eux. Quelque chose qu'il ne contrôlait pas et lui faisait perdre tous ses moyens. Un jour, force lui fut de reconnaître qu'il était amoureux. Comme il n'avait aucune expérience dans ce domaine, il n'avait pas osé le lui avouer, de peur de commettre une maladresse.

Mal lui en prit, car Trevor était subitement entré en scène. Trevor, avec son arrogante assurance, n'avait pas pour habitude de tergiverser, et semblait très à l'aise avec les filles. De surcroît, il ne semblait pas indifférent à Sandra. C'est avec la rage au cœur que Philip les voyait rire, monter à cheval, s'amuser de manière spontanée comme il aurait tant aimé le faire avec la jeune fille. Plusieurs fois, Trevor avait proposé à Sandra de l'emmener le soir faire un tour en voiture, mais, fort heureusement, Kendall, son sévère beau-père, veillait au grain. Philip lui en était très reconnaissant. Il avait remarqué que le policier ne voyait pas d'un bon œil l'avancée de cette liaison. Il est vrai qu'il n'accueillait pas non plus Philip avec un enthousiasme débordant, mais se montrait à l'évidence beaucoup plus méfiant envers Trevor.

En quelques semaines, Philip devait constater que ses relations avec la jeune fille s'étaient détériorées au profit de son frère. Elle continuait à lui parler avec sympathie, mais sans flamme. Elle semblait de nouveau le considérer comme un vieux camarade, un brave compagnon à qui on peut se confier en toutes circonstances. Philip était d'autant plus affecté qu'il ne s'était toujours pas habitué à l'état déclinant de sa mère. Il avait tout fait pour endiguer le marasme dans lequel celle-ci était plongée, sans grand résultat, il fallait le reconnaître.

Peu après la disparition de son jeune frère, il avait dit à son père que la grisaille environnante exerçait une mauvaise influence sur leur famille. Quelques notes de gaieté atténueraient cette tenace ambiance de déprime, qui pesait comme une fatalité sur le manoir. À cette époque, il s'intéressait déjà à la peinture, prisant tout autant les couleurs pastel que les lumières vives. Il avait donc acquis quelques copies d'impressionnistes célèbres, ainsi que des toiles d'artistes locaux. Et, avec l'assentiment de son père, il avait disposé ces tableaux dans les pièces principales du manoir, apportant ainsi une fraîcheur nouvelle au cadre austère et désuet. Cette initiative avait été diversement appréciée. Sur Deborah, elle fut sans effet. Les Kendall, traditionalistes de nature, la trouvaient fort audacieuse. D'autres se pâmaient d'admiration devant ce « changement bénéfique ». Sandra se comptait au nombre de ceux-ci. Quant à Trevor, il s'était évidemment rangé du côté de ses détracteurs. Et de déclarer que ces tableaux étaient si colorés qu'il avait l'impression de voir des lampions un peu partout, comme à un carnaval, le comique le disputant au grotesque.

Pour Philip, la simple vue de ces toiles lui mettait du baume au cœur. Ce n'était rien de moins que la victoire de la lumière sur les ténèbres. Elle lui donnait aussi du courage. Il se disait qu'après tout, si celle qu'il aimait lui échappait, c'était peut-être de sa faute, à cause de son manque d'imagination. Et s'il lui avouait de but en blanc ses sentiments ? Ici même, au milieu de ces taches de lumière ? Sandra y était sensible, il le savait. Ce serait un écrin idéal pour lui déclarer sa flamme. Il arpenta nerveusement le salon, puis claqua soudain des doigts et s'écria : « Alea jacta est » !

*

Au moment où Philip quittait le manoir, Patrick Markale retirait son pendule d'un tiroir de la commode. Il avait le front soucieux. À l'évidence, la requête du policier et du châtelain l'avait quelque peu déstabilisé.

— Une affaire vieille de huit ans, avait-il objecté après avoir écouté ses hôtes, cela ne va pas être facile. Surtout si cette femme n'est plus dans la région, ce qui semble être le cas. Il me faudrait des détails, beaucoup de détails...

Sir John refit le récit des circonstances de la disparition d'Annie Tyler, brossant un portrait précis des protagonistes.

Le visage du voyant était sombre et songeur.

— Tout cela est loin, très loin, peut-être même trop loin...

— Certes, répondit Kendall sur un ton de courtoisie appuyé. Mais après le succès de votre dernière prestation, nous nous sommes dit qu'il serait judicieux de profiter de vos dons...

— Avez-vous une carte de la région ?

— Oui, bien sûr, répondit Kendall en plongeant sa main dans la poche de sa veste. Je ne l'ai pas oubliée cette fois-ci. Elle couvre également une partie du Devon. Mais si cela ne suffisait pas, j'en ai une autre.

— Non, celle-ci conviendra parfaitement. Ma perception ne s'étend pas à des zones aussi vastes.

Après avoir réclamé le silence, il fit osciller son pendule au-dessus de la carte déployée sur la table. Ses mouvements étaient bien plus hésitants que la fois précédente. Régulièrement, une grimace tiraillait son visage. Après plusieurs essais infructueux, son pendule sembla se diriger vers la côte ouest, à la hauteur de Chartham.

Au bout d'un moment, il hocha la tête.

— Il n'indique rien d'autre que ce village...

— Ce qui signifie ? s'enquit Kendall.

— Pas grand-chose. C'est un phénomène assez normal, dans la mesure où cette Annie Tyler y a vécu longtemps. À moins qu'elle y soit encore...

— Mais elle n'y est plus ! objecta Kendall. C'est même la seule chose dont nous soyons certains !

— Elle n'est plus là vivante, voulez-vous dire,

répondit gravement le voyant. Ce qui n'est pas la même chose...

– Elle serait donc morte, selon vous ! s'exclama sir John.

– Oui, c'est une possibilité. Si Mrs Tyler est à l'intérieur de cette zone comme l'indiquent mes premières mesures, il me semble légitime de supposer qu'elle soit décédée.

– C'est un point de départ, mais cela ne nous avance guère, grogna Kendall. Ne pourriez-vous pas être plus précis ?

Markale haussa les épaules.

– Je veux bien essayer une autre méthode, mais sans aucune garantie. Je vais vous demander quelques instants...

Le voyant se leva et disparut dans la cuisine. Il revint presque aussitôt avec un verre rempli d'un liquide transparent – de l'eau selon toute vraisemblance. Il le posa au milieu de la table, puis se munit d'un crayon et d'une feuille de papier. Il s'absorba ensuite dans la contemplation du verre, ses yeux paraissant étrangement inexpressifs, avant de se refermer complètement. Au bout d'une ou deux minutes, il exécuta un dessin à l'aide du crayon, puis un second, et remit la feuille à ses hôtes.

Intrigués, les deux amis contemplèrent le résultat de ses nouvelles visions. Le voyant avait tracé une simple croix, à côté d'un oiseau stylisé, qui, avec son long cou incurvé, ressemblait fort à un cygne.

Kendall considéra son ami et lui demanda :

– Cela vous dit-il quelque chose ?

– Pour la croix, c'est assez simple, elle évoque une tombe, réfléchit à haute voix sir John. Ce qui est assez logique si l'on part de l'hypothèse qu'elle est morte. Quant au cygne, il me fait penser à un lac...

— Il n'y a pas de lac à Chartham, trancha le policier.

— Alors, je ne vois pas... À moins qu'il ne s'agisse du volatile qui orne l'enseigne de l'auberge !

— Ce qui nous ramène au point de départ, remarqua Kendall, c'est-à-dire à pas grand-chose. Et vous, Markale, que pouvez-vous nous dire de plus ? Comment vous sont apparues ces deux représentations ?

La voyant se frotta les yeux comme s'il venait de se réveiller au terme d'un profond sommeil.

— J'ai vu une croix et un cygne, tels que je les ai dessinés...

— Un cygne sur un étang, dans une rivière ? fit préciser Kendall.

— Je ne pourrai vraiment pas vous dire plus... Je ne suis pas responsable de mes visions...

Kendall fit la grimace. Il semblait à présent contrarié, comme s'il avait secrètement espéré que le voyant leur indiquerait une piste.

— Un cygne, grommela-t-il. Que peut bien vouloir signifier un cygne ?

8

Après le départ de Sandra, un silence total régna dans la demeure de Kendall. Ruth poussa un soupir d'aise, et s'en fut dans la petite bibliothèque où elle s'allongea sur le divan. Elle se plaignait souvent de sa solitude au foyer, mais, parfois, elle lui semblait bénéfique, comme ces jours-ci, depuis qu'il y régnait une certaine agitation. Oliver ne tenait plus en place. Il entrait et sortait comme un tourbillon, le plus souvent accompagné de sir John, qu'elle n'avait jamais autant vu. Quant à ses deux fils, ils passaient aussi régulièrement voir Sandra. Tantôt l'un, tantôt l'autre. Ruth avait d'abord cru que sa fille avait une liaison avec Philip, son vieux camarade de jeu, puis elle avait remarqué qu'elle s'était trompée car Trevor avait fait irruption et s'était imposé. Mais aujourd'hui, de nouveau elle voyait Philip ! un Philip qui semblait étrangement sûr de lui, là, lorsqu'il était venu chercher Sandra. La manière dont il l'avait regardée, droit dans les yeux, ne lui avait pas échappé. Mais à quel jeu jouait sa fille ? Venait-elle enfin de réaliser qu'elle ne laissait pas les garçons indifférents, comme une jeune fée qui découvre soudain ses pouvoirs magiques ?

D'une certaine manière, Ruth aurait dû s'en réjouir. Cela signifiait que Sandra suivait une évolution normale, qu'elle devenait adulte. Mais rien n'était moins sûr. La veille au soir, elle était rentrée en trombe, avait regagné sa chambre et n'en était plus sortie, même à l'heure du dîner. Collant discrètement son oreille à la porte, Ruth l'avait entendue pleurer. Bien que très préoccupé par ses affaires, Oliver avait voulu intervenir quand sa femme l'avait mis au courant. Il fit endosser la responsabilité de ce chagrin au fils aîné des Leighton, dont il avait une fois de plus flétri la conduite en termes sévères. « C'est un bon à rien, un coureur de jupons, un parasite ! Sir John lui-même en convient ! Vraiment, je n'aime pas le voir tourner autour de Sandra... Il faut la mettre en garde... Dieu sait ce qu'ils font lorsqu'ils se promènent dans les bois ! Ce garnement pourrait devenir violent s'il n'obtenait pas ce qu'il veut ! »

Heureusement qu'il s'était ensuite calmé, pensa Ruth. En son for intérieur, elle convenait que cette hypothèse n'était pas improbable, vu l'état d'agitation dans lequel était rentrée leur fille, et qu'elle était effectivement partie faire du cheval avec Trevor dans l'après-midi. Mais, visiblement, rien de grave ne s'était passé puisque Sandra n'était pas blessée et ne portait aucune trace de violence. De toute façon, elle l'avait déjà vue verser de chaudes larmes en d'autres circonstances. Selon son instinct maternel, les troubles qui l'agitaient avaient pour origine d'autres causes.

Et Ruth avait désormais toutes les raisons de penser qu'ils provenaient de cette pièce même. Elle avait bien observé sa fille ces derniers temps et réfléchi rétrospectivement à son comportement étrange, ses allures furtives, ses airs absents, graves, et même coupables.

Quand elle était dans la maison, Sandra évitait manifestement de venir là. Mais à l'évidence, elle devait fréquenter assidûment la bibliothèque dès qu'elle en avait l'occasion pour lire en secret, allongée sur ce même divan, les récits mystérieux, initiatiques, voire diaboliques. Elle avait même retrouvé quelques-uns de ses longs cheveux blonds sur les coussins.

Depuis combien de temps s'adonnait-elle à ces lectures secrètes, sous le regard jubilatoire de ces masques grimaçants ? Depuis au moins deux ans, si elle se référait à son changement de comportement. Et que lisait-elle ? Ruth n'osait y penser. Certains ouvrages étaient franchement démoniaques, subversifs, et dangereusement suggestifs pour un esprit faible. Elle en voulait à son père de ne l'avoir pas prévenue du contenu exact de sa bibliothèque personnelle.

Feu le colonel Brown lisait en érudit et en analyste, mais il aurait dû envisager le fait que cet héritage pouvait un jour tomber entre des mains innocentes. Si elle en avait été consciente, à l'époque, elle en aurait fait un bel autodafé. À bien y réfléchir, elle aurait peut-être regretté ce geste, car certains volumes avaient trouvé grâce à ses yeux, comme ce florilège de divinations célèbres. Cette lecture l'avait confortée dans son jugement relatif à l'authenticité des pouvoirs de Patrick Markale. Cette fois-ci, pensait-elle, c'était elle qui avait raison, et non Oliver.

Au fond, elle le plaignait, car elle savait que ses efforts pour démasquer le mage seraient vains. Markale venait du reste de donner une preuve éclatante de ses pouvoirs. Oliver avait été forcé d'admettre que c'était grâce à lui que l'argent volé avait été retrouvé. Oui, elle avait été heureuse de constater qu'elle ne s'était pas trompée sur le nouveau venu, mais, en même temps, cela l'avait inquiétée. Son don de voyance soulignait le danger qu'il lui avait prédit. Elle n'avait oublié ni ses paroles ni l'étrange regard qu'il avait alors posé sur elle...

Un regard à la fois profond et opaque, comme celui des masques accrochés au mur, qui semblaient l'épier. Un frisson la parcourut. Un grand danger la menaçait-il ? Mais quel danger ? Mue par une décision soudaine, Ruth se leva et se mit à explorer les rayonnages chargés de livres. Peut-être trouverait-elle là une réponse à sa question ?

Le choix était difficile, car de nombreux thèmes étaient traités, allant de l'alchimie à l'astrologie, en passant par la magie et la sorcellerie. Certains traités étaient très techniques et requéraient des connaissances approfondies. D'autres semblaient plus accessibles, bien que riches en détails. On y expliquait par le menu la composition de philtres destinés à divers usages : conjuration, charme, envoûtement, séduction... Un chapitre retint tout particulièrement son attention. Ruth se réinstalla sur le divan et s'absorba dans sa lecture.

*

Dans le salon du manoir, Sandra regardait attentivement les tableaux exposés, comme le lui avait suggéré Philip qui était parti préparer du thé. Lorsque l'horloge sonna cinq heures, son compagnon revint avec un plateau chargé de biscuits et d'une théière fumante.

— Alors ? demanda-t-il. Qu'en penses-tu ?

Sandra haussa les épaules en souriant :

— Mais, Phil, tu connais mon avis ! Je t'ai déjà dit qu'ils étaient fort bien choisis et qu'ils embellissaient cette pièce !

— Ils font plus que cela. Ils l'éclairent, l'illuminent, la réchauffent comme des astres bénéfiques ! Pourtant, il en manque encore...

Se dressant sur la pointe des pieds et exécutant un mouvement circulaire qui souleva le volant de sa ravissante robe de coton, la jeune fille le coupa :

— Alors là, je ne suis pas d'accord. Je trouve qu'il y en a assez ! Si tu en ajoutes, cela surchargera le mur.

— Pourtant, il en manque un, le plus important.

— Ah ? s'étonna Sandra en portant un doigt à ses lèvres.

— Le plus lumineux de tous, le plus extraordinaire, le plus beau ! Un soleil qui chassera définitivement les ombres du passé, une étoile merveilleuse qui transformera cet humide cachot en une oasis de rêve...

— Je vois. Tu as décroché la perle rare, et tu veux m'en faire la surprise !

Philip acquiesça en souriant :

— Oui, ce sera une surprise pour toi. Une grande surprise qui, je l'espère, ne te décevra pas.

— Oh ! Phil, arrête de me faire languir ! Montre-moi vite ce chef-d'œuvre !

Consentant, Philip désigna la petite psyché trônant sur le buffet.

La jeune fille s'en approcha, puis s'étonna :

— Ça ?

— Oui, « ça », comme tu dis...

— Mais ce n'est qu'un miroir !

— En effet, mais il peut refléter le plus beau des soleils.

— Ah ! Je comprends... Un subtil jeu de lumière. Mais alors, il faudrait le placer différemment...

— Non, contente-toi de te mettre bien en face. Tu comprendras...

Sandra s'exécuta, méfiante, comme si elle s'attendait à voir surgir un diable de sa boîte.

— Il ne se passe rien, dit-elle d'un air déçu.
— Dis-moi ce que tu vois...
— Mais moi, bien sûr...
Elle se redressa soudain et dévisagea son ami :
— Philip, si c'est une plaisanterie...
— Non, pas du tout. Je maintiens tout ce que j'ai dit, mot pour mot. J'ai toujours pensé que tu étais le plus beau, le plus ravissant, le plus radieux des soleils ! Le seul, d'ailleurs, qui soit en mesure de réchauffer mon cœur...
Effarée, Sandra persista :
— Tu plaisantes, n'est-ce pas ?
— Ai-je l'air de plaisanter ? répliqua-t-il gravement en la prenant dans ses bras.
Regardant son compagnon droit dans les yeux, sans chercher à se défaire de son emprise, la jeune fille balbutia :
— Mais... mais pourquoi...
— Pourquoi je ne t'ai rien dit plus tôt ? Oui, ça je me le demande aussi. J'ai peut-être eu peur de te l'avouer...
S'abandonnant dans ses bras, et nichant sa tête au creux de son épaule, elle fit remarquer avec des larmes dans la voix :
— Phil... Tu dis des bêtises... Ce n'est pas possible...
Une hésitation passa dans les grands yeux clairs de la jeune fille, qui ne quittaient pas ceux de son compagnon. En se redressant, ses lèvres chaudes rencontrèrent celles du jeune homme, et ils échangèrent un long baiser passionné.
— Pas possible ? reprit-il. Tu vois bien que si !
Les yeux embués de larmes, Sandra baissa la tête et répéta d'un ton très grave :
— Non, ce n'est pas possible...
Un pesant silence s'instaura entre eux. Blême, Philip parvint enfin à bafouiller :

— Tu veux dire que je me suis déclaré trop tard ?

— Eh bien...

— C'est Trevor, n'est-ce pas ?

La jeune fille s'effondra en larmes, et son compagnon eut toutes les peines du monde à la consoler. Lorsqu'elle eut retrouvé son calme, une étrange expression de colère brillait dans son regard.

— Nous nous sommes promenés ensemble hier après-midi...

— Et alors ?

— Tu sais bien que nous nous voyons souvent ces derniers temps. Lui aussi m'a fait des avances, enfin à sa manière...

Une veine bleue gonfla à la tempe du jeune homme.

— Sandra, s'il t'a fait du mal, dis-le-moi...

Elle ne répondit pas tout de suite, sa poitrine palpitait sous l'étoffe légère de sa robe.

— Non, il n'a pas été brutal. Mais à quoi bon., C'est trop tard, à présent. Il ne peut rien y avoir entre nous...

— Tu veux dire... entre toi et moi ?

— Oui, Philip. Je ne suis pas une fille comme les autres...

— Non, en effet, tu es la plus belle et la plus adorable !

Elle ne semblait pas l'avoir entendu. Regardant un point imaginaire, elle affirma d'un ton définitif :

— Je ne pourrai jamais te rendre heureux... Jamais... C'est impossible.

9

Lorsqu'il était à jeun, ce qui n'arrivait en général que le matin, Sam Tyler avait une mine dolente qui rappelait celle des cockers. Son nez bulbeux et ses pommettes violacées attestaient de sa propension à la boisson, et l'ensemble de sa personne un état de délabrement général qu'on retrouvait dans son intérieur. Des bouteilles vides trônaient sur la table, aux côtés d'un journal déplié, d'un cendrier débordant et des restes d'un repas. Le sol était jonché de cartons et de chaussures, et les chaises chargées de vêtements.

Sir John et l'inspecteur Kendall s'étaient finalement résolus à rendre visite à l'ancien tavernier, non sans en avoir longuement débattu la veille, après l'étrange vision de Markale. Si le corps d'Annie Tyler reposait quelque part à Chartham à l'insu de tous, c'est qu'elle avait vraisemblablement été assassinée. Or, dans cette hypothèse, son mari devenait le premier suspect. Ils avaient en outre pu établir un lien entre lui et la vision de la croix du devin. En revanche, l'énigme du cygne n'avait trouvé à leurs yeux aucune explication probante, si bien qu'ils avaient décidé de lui poser de vive voix la question.

Connaissant le vieux Tyler, Kendall avoua à son ami son embarras devant la tâche qui l'attendait, et s'employa à ne pas donner une apparence trop professionnelle à sa démarche, grossissant l'importance et le rôle du voyant.

— Comprends-nous, Sam, déclara-t-il au veuf, nous sommes obligés de prendre en considération les visions de ce bonhomme, car il a déjà rendu un tas de services à la police.

— Annie est partie, psalmodia Sam Tyler, enfoncé au fond de son fauteuil, une mèche grise barrant son front moite. Elle est partie avec cette espèce de salaud... Elle est partie pour toujours...

— On ne l'a jamais revue nulle part, Sam.

— Et l'autre salaud ?

— Lui non plus, tu le sais bien.

— Ils doivent être loin depuis le temps !

— Peut-être pas. D'après ce voyant, qui ne se trompe pour ainsi dire jamais, Annie serait encore au village.

— Ici, à Chartham ? Mais on l'aurait vue alors, non ? s'emporta soudain Tyler, mobilisant le peu de force qui lui restait.

— Il pense qu'elle est morte.

— Morte ? répéta-t-il, en roulant des yeux surpris. Mais, parbleu, où qu'elle serait alors ?

— Justement, c'est là tout le problème. Tout ce que nous savons, c'est qu'elle est près d'une croix. C'est pour ça qu'on est venu t'en parler en premier, puisque tu habites à côté de plusieurs croix, c'est-à-dire du cimetière... comprends-tu ?

— J'suis pas le seul, objecta fièrement le maître de céans. Il y a aussi les Wilson et les Farr... Mais pourquoi qu'elle serait au cimetière ? Ça se serait su, si on l'avait enterrée, non ?

— Rien ne nous dit que c'est au cimetière. Cette croix est juste une image...

— Et qui l'aurait enterrée ? Et pourquoi ?

Kendall s'éclaircit la voix avant de répondre :

— Eh bien... nous pensons qu'elle a été assassinée.

— *Assassinée ?* s'offusqua Sam Tyler. Annie ? Elle qui n'a jamais fait de mal à une mouche ? Ça ne tient pas debout !

— C'est vrai, elle était toujours aimable et prête à rendre service, intervint sir John d'une voix lénifiante. Mais enfin, elle n'était pas parfaite non plus... D'ailleurs, si elle l'avait été, elle ne vous aurait pas quitté de cette façon.

— C'est à cause de ce salaud, qui a dû la menacer, j'en suis sûr ! Bon Dieu, faites qu'il ne me tombe jamais entre les mains !

— Mr Markale a également parlé d'un cygne...

— D'un signe ? D'un signe du destin, peut-être ? Mais pour qui il se prend, celui-là ? Pour Dieu le père ?

— Non. Il faisait allusion à un oiseau, comme celui qui décore l'enseigne de votre ancienne auberge...

— Dites tout de suite que c'est moi qui l'ai tuée alors !

— Ce que nous essayons de comprendre, reprit sir John, c'est la signification de ce cygne, censé nous faire retrouver la trace d'Annie. C'est pourquoi nous sommes venus vous demander si cela vous disait quelque chose...

— Un cygne ? répéta le veuf d'un air de parfaite ignorance. Y'a pas de cygnes par ici. J'en ai jamais vu, en tout cas !

— C'est peut-être un symbole, une image, comprenez-vous ?

— J'comprends bien, oui, mais j'vois pas. Y'a rien

ici qui ressemble à un cygne, de près ou de loin, vous pouvez me croire !

— Vous nous permettez de jeter un coup d'œil ?

Le veuf haussa les épaules.

— Oui, si vous n'avez pas peur du bazar... J'ai un peu de retard dans mon ménage. En attendant, j'vais boire un p'tit coup pour me remonter ! Car c'est pas souvent qu'on vient me raconter de telles salades à dix heures du matin !... Un cygne, j'vous demande un peu ! Si vous voulez mon avis, votre voyant, il doit pas boire que de l'eau !

Un quart d'heure plus tard, les deux hommes prirent congé de Tyler, après lui avoir présenté leurs excuses.

— Curieux tout de même, marmonna Kendall en se dirigeant vers le portail. Son jardin jouxte le cimetière, et l'on voit même des croix qui dépassent du muret...

— Un jardin en bien mauvais état ! constata tristement sir John.

— Oui, comme tout le reste d'ailleurs. Il est clair qu'il n'y a pas mis les pieds depuis belle lurette.

— Je trouve qu'il n'y a rien de plus pitoyable qu'un jardin abandonné et...

Sir John se tut au milieu de sa phrase, retira ses lunettes, fixa d'un regard étonné un point près du muret, puis le désigna d'un doigt tremblant à son compagnon.

— Là-bas, Oliver... vous voyez cette tache blanche qui sort des mauvaises herbes ? Vous qui avez une bien meilleure vue que moi, vous devriez l'apercevoir. Ne dirait-on pas la statuette d'un cygne ?

— Allons, ne me faites pas rire ! C'est votre imagination qui vous joue des tours !

Kendall ricana, mais, perplexe, il accepta de suivre son compagnon au fond du jardin, près du muret qui le séparait du cimetière. Kendall put alors constater que sir John ne s'était pas trompé : l'objet était une céramique décorative, de couleur blanche, et représentait bel et bien un cygne.

10

5 août

Le silence régnait dans le jardin d'hiver des Leighton, qui était de loin la pièce la plus éclairée du manoir. La plus vivante aussi, avec ses nombreuses plantes en pots, et les cris des mouettes venant du large, qu'on percevait nettement.

Deborah Leighton était installée dans un fauteuil d'osier face à la mer, en compagnie de Mrs Kendall, qui était venue lui rendre visite ce jour-là. La femme du policier savait que son amie détestait les conversations soutenues et les sujets trop personnels. Parler à bâtons rompus, évoquer les banalités de l'existence, entrecoupées de préférence de quelques pauses, voilà ce qui lui convenait. Mais ce n'était pas uniquement par sollicitude que Ruth était venue trouver son amie. Elle appréciait sa compagnie discrète, son ton neutre et sa simplicité. Aujourd'hui, sa visite était motivée par une raison particulière, qu'elle n'avait pas encore abordée. Par ailleurs, depuis une semaine, la paix de Chartham avait été troublée par une tragique découverte. Ruth n'était pas près d'oublier les heures qui avaient suivi le retour de son mari et de sir John, après leur entrevue avec le vieux Tyler.

— Il a avoué, avait déclaré Oliver d'emblée, le teint crayeux. Markale a vu juste une fois de plus !

— Qui a avoué quoi, mon chéri ?

— Sam, l'ancien aubergiste ! Il a tué sa femme et son amant et les a enterrés dans le jardin !

L'après-midi, des policiers en bras de chemise avaient creusé la terre à l'endroit où se trouvait la statuette du cygne. Rapidement, ils avaient mis au jour deux squelettes. Ils furent identifiés sans peine, notamment celui de Mrs Tyler qui portait encore son alliance. La nouvelle se répandit comme une traînée de poudre. Ce fut un choc pour les villageois, même si certains reconnurent avoir flairé quelque chose de louche dans l'affaire. Personne, en tout cas, n'avait pensé une seconde que le criminel aurait eu l'audace de conserver les corps dans son propre jardin.

La petite propriété appartenait déjà aux Tyler à cette époque, mais ils ne s'y rendaient qu'occasionnellement pour s'occuper du potager. Tandis que Sam servait ses clients à l'auberge, les amants s'y donnaient rendez-vous. Mais un jour, par hasard, Tyler était allé y jeter un coup d'œil et les avait surpris. Dans un accès de jalousie, il les avait tués à coups de hache et, paniqué, les avait enterrés au pied du muret, juste à côté du cimetière. Il était si éprouvé par son geste abominable qu'on l'avait cru sincèrement atterré par la disparition de sa femme. Grâce à une enquête sommaire, et une certaine part de chance, il avait repris confiance et avait finalement pu donner le change. Mais les remords avaient transformé sa vie en un enfer permanent, qu'il avait tenté de noyer dans la boisson. Il affirmait à présent que la sanction suprême serait pour lui une grande délivrance.

Mais le plus étonnant de toute l'affaire était sans conteste la clairvoyance du devin, qui avait levé le voile sur cet ancien mystère aussi sûrement que s'il avait désigné du doigt la tombe des amants. On ne parlait plus que de lui à Chartham. Plusieurs policiers avaient salué la « performance » de Markale, et Kendall semblait déconcerté comme il ne l'avait jamais été. Le sujet, incontournable, animait toutes les conversations. Même la très réservée Mrs Leighton ne manqua pas de l'évoquer :

— John était si abasourdi par cette découverte qu'il n'en a pas dormi de la nuit !

— Mon mari n'a pas dû fermer l'œil non plus. Il est dans un état épouvantable ces temps-ci. Le cas de ce voyant l'obsède, bien qu'il s'obstine encore à douter de ses dons.

— Comment est-ce possible après cette double indication précise de la « croix » et du « cygne » ? Eh bien, John en est maintenant convaincu.

Ruth Kendall approuva.

— Il paraît que Tyler soutenait qu'il n'y avait pas de cygne et qu'il n'y en avait jamais eu dans son jardin !

Deborah, dont les yeux demeuraient fixés sur l'océan, fit remarquer :

— Évidemment, il ne voulait pas le voir ! Il savait qu'il venait d'être confondu !

— Oui, après, il s'est immédiatement effondré. Il a tout avoué d'un bloc, supposant que c'était sa femme qui avait posé cette statuette... sans doute peu avant sa mort, comme si elle avait pressenti son geste monstrueux. Et lui, opérant sa sinistre besogne de nuit, ne l'avait pas remarquée... Pauvre homme, il paraît qu'il n'échappera pas au gibet. D'une certaine manière, je ne puis m'empêcher de le plaindre. Je n'ai pas connu personnellement cette Annie, mais, d'après mes parents, sa réputation était amplement méritée. Elle lui aurait fait subir plusieurs humiliations. Je n'excuse nullement le geste de cet homme, mais qui pourrait répondre de sa réaction dans de telles circonstances ?

— Oui, vous avez raison. Je n'aimerais pas être à la place des juges. C'est une lourde responsabilité. Mais, voyez-vous, au-delà de ce drame, cette affaire me rassure.

Ruth trouva cette remarque singulière, mais force lui était de constater que Deborah paraissait plus détendue et plus confiante qu'à l'ordinaire. Et même plus loquace.

— Ah ! Et pourquoi cela ? demanda-t-elle d'un ton badin.

— C'est Mr Markale qui a vu cet événement... et *non moi*, comprenez-vous ?

Après avoir regardé son hôtesse d'un air dubitatif, Ruth hocha gravement la tête d'un air entendu. Elle venait de décrypter le message de son amie.

— Cela signifie que je ne suis plus sensible au pouvoir de la source, reprit Deborah. Je n'ose y croire, mais si tel était le cas, ce serait merveilleux, je pourrais de nouveau... comment dire ?... être moi-même !

— Je pense en effet que vous n'avez plus rien à craindre, Deborah.

Après un court silence, la maîtresse de maison se tourna vers son amie :

— Vous saviez donc, à propos de cette source ?

— Oui, vous m'en aviez même parlé, tout au début, souvenez-vous. À présent, j'ai tout lieu de croire que c'est Mr Markale qui subit son influence...

— Oui, s'exclama Mrs Leighton avec ferveur, la précision de ses visions le donne à penser !

— Je le suppose d'autant plus volontiers qu'il la

recherchait activement depuis son arrivée au village. Plusieurs personnes en ont parlé. Il semble donc vraisemblable qu'il l'ait trouvée...

— Et qu'il ait bu de son eau !

— Oui, hélas, dit tristement Ruth, loin de partager l'optimisme de son amie, car elle n'avait pas oublié la singulière mise en garde de Markale.

Après un nouveau silence, meublé par la sourde rumeur de la mer qui leur parvenait par les vitres ouvertes du jardin d'hiver, Ruth Kendall demanda inopinément :

— À propos, Deborah, puis-je vous demander un service ?

— Bien sûr, ma chère. Que puis-je faire pour vous ?

— Oh, c'est peu de chose, mais j'y tiens beaucoup. Je sais que papa avait un jour fait un cadeau à votre beau-père. Vous étiez déjà installée ici, me semble-t-il. Il revenait du Moyen-Orient, et avait ramené quelques souvenirs. À votre beau-père, il avait offert un gros scorpion...

— Mon Dieu ! Quelle drôle d'idée !

— Il n'était pas vivant, et était soigneusement placé dans une boîte en verre.

— Ah oui, je m'en souviens ! Trevor a souvent joué avec !

— L'avez-vous encore ?

Deborah posa un regard intrigué sur son amie.

— Oui, il me semble. Mais pourquoi diable voulez-vous...

— Si vous pouviez me le donner, je vous en serais très reconnaissante. Il va de soi que je le remplacerai dès que possible. Voyez-vous, je suis dans l'embarras... C'est un petit neveu d'Oliver, qui raffole de ces bestioles... Allez savoir pourquoi ! Je lui en ai promis un depuis si longtemps, et il fête son anniversaire après-demain ! Je voudrais tant lui faire plaisir...

*

Ce soir-là, au volant du cabriolet Morris de son père, Trevor Leighton rentra chez lui de fort mauvaise humeur. Arrivé à la hauteur de l'appentis à l'arrière du manoir, il freina brutalement, dans un long crissement de pneus sur les graviers. Il claqua la portière, entra par la porte de service, qu'il referma tout aussi bruyamment. Tout allait de travers depuis quelque temps. À croire que le sort s'acharnait contre lui. C'était la fameuse loi des séries. En tant que joueur avisé, il était bien placé pour le savoir. Il avait bu, bien sûr, mais sa colère était telle qu'il ne ressentait même pas les effets de l'alcool. Le cheval sur lequel il avait misé gros pour rattraper les déboires de la semaine avait été surclassé par un toquard. Désormais, il allait devoir puiser dans ses ultimes réserves pour se refaire. Car il n'était pas envisageable de réclamer l'aumône auprès de son père. L'ayant déjà sollicité récemment, il avait bien senti qu'une nouvelle demande de sa part serait malvenue.

Réflexion faite, cette série noire avait débuté une dizaine de jours plus tôt, très exactement depuis sa promenade avec Sandra. Son sang se mit à bouillir dans ses veines à cette idée, et il eut l'impression de ressentir une seconde fois la gifle qu'elle lui avait donnée. Jamais une fille ne s'était permis de le traiter ainsi ! Il avait été à deux doigts de lui rendre la monnaie de la pièce ! Heureusement, il était parvenu à se maîtriser, le désir le disputant à la colère. Il lui avait même présenté ses plus plates excuses, pour son audacieuse conduite, engendrée – lui expliqua-t-il – par la passion brûlante qu'elle lui inspirait. Elle lui avait ensuite elle-même demandé de la pardonner pour son réflexe, et les choses en étaient restées là. Il n'était pas allé la voir depuis. Cela faisait partie de son plan. Il voulait lui laisser l'initiative du premier pas, afin de mieux la soumettre. Mais curieusement, elle n'avait pas réagi...

Après s'être servi un dernier verre au bar de son père, il regagna sa chambre à l'étage, s'allongea sur son lit, alluma une cigarette et, dans sa tête, passa en revue les derniers événements. Sandra le déconcertait à bien des égards. Elle avait plus de caractère qu'il ne le pensait. Au début, l'ayant trouvée un peu timide, il s'était conduit envers elle avec beaucoup de douceur, jusqu'à ce qu'elle eût une totale confiance en lui. Elle riait, s'amusait comme une gamine, s'adonnait totalement à ces folles chevauchées à travers bois.

En évoquant certains de ces instants, il sentit son pouls s'accélérer. Un jour, ils étaient descendus jusqu'à la plage pour aller se baigner. La voyant dans son maillot de bain, qui moulait ses formes souples, il avait eu l'impression de voir devant lui une statue grecque vivante. Déjà, habillée, sa belle anatomie ne lui avait pas échappé, mais il ne s'attendait pas à découvrir tant de grâce. Dieu, qu'elle était belle ! Tandis qu'elle s'ébattait dans l'eau, son rire cristallin résonnait gaiement dans la petite crique. Ce rire, telles les notes d'une harpe aux arpèges enchantés, l'avait profondément ému. Avec sa peau nacrée, ruisselante de gouttelettes et de lumière sous les rayons dorés du soleil, sa chevelure mouillée qui tombait en boucles ondoyantes sur ses épaules et qu'elle disciplinait avec tant de grâce, elle paraissait plus séduisante que jamais. Malgré son violent désir, il s'était contenté de lui arracher un joyeux baiser au creux des vagues.

Tout allait pour le mieux. Les jours suivants, il la sentait parfaitement disponible, prête à répondre à ses élans. Mais au moment où elle semblait sur le point de lui livrer toute sa tendresse, elle s'était soudain refermée. Avant qu'elle lui assène cette gifle, elle était restée inerte et avait eu un regard lointain. Sur le coup, Trevor n'y avait pas attaché d'importance, mais rétrospectivement, il devinait aisément sur qui les pensées de la jeune fille s'étaient arrêtées à ce moment-là : *Philip, son frère.*

Une onde de colère le traversa. Son ressentiment fut d'autant plus vif qu'il avait appris par son père que Sandra était venue au manoir tout récemment voir Philip. Philip et non lui. Philip, en passe de lui ravir Sandra sur le fil ? Ce serait un comble !

Endiguant à grand-peine sa fureur, Trevor se leva d'un bloc et gagna le panneau mural, au-dessus d'un coffre, où étaient accrochés deux poignards marocains. Il s'empara d'une des armes et la serra si fort que ses phalanges blanchirent.

Il était impensable que son frère le batte aussi sur ce terrain-là. Il se fit le serment de tout mettre en œuvre pour que cela ne se produise pas, et, au besoin, il n'hésiterait pas à user de la force...

11

7 août

— Je ne me tiens pas pour battu ! déclara avec véhémence l'inspecteur Kendall au châtelain, devant deux chopes de bière mousseuse, au fond de la salle du *Cygne Blanc*.

Comme s'il s'agissait d'une vaine mise en garde, ces paroles furent rapidement absorbées par le bruit des conversations qui montaient des tables voisines. Il était neuf heures du soir et il y avait beaucoup de monde ce soir-là à l'auberge. Les participants d'un concours de fléchettes commentaient bruyamment les essais de leurs adversaires, tandis que les paris allaient bon train.

— Bien sûr, approuva sir John, conciliant. Mais comment nier l'évidence ? Il est impossible, *vous m'entendez ?* absolument impossible pour Markale d'avoir pu résoudre ce mystère qu'il ne connaissait sans doute même pas !

— Croyez-vous ? Il pouvait très bien en avoir entendu parler...

— Peut-être. Mais il ne pouvait pas prévoir que nous allions l'interroger. De plus, je le répète, il ne pouvait pas connaître la clé de cette énigme, irrésolue jusqu'ici ! Et, souvenez-vous, il était bien embarrassé lorsque nous étions venus lui soumettre ce cas, il y a aujourd'hui très exactement dix jours.

Kendal tira sur sa cigarette et souffla un long filet de fumée.

— Oui, et j'ai eu le temps d'y réfléchir. Je vous ai déjà dit que ce type est très habile, n'est-ce pas ?

— En effet, c'est incontestable !

— Très habile dans ses réponses, à la fois symboliques et obscures, un peu comme ces oracles que rendait la pythie à Delphes. Mettez-vous à sa place. Vous lui aviez présenté cette affaire avec force détails, comme il l'avait exigé, ce qui lui a laissé le temps de réfléchir. Avec le recul, c'est-à-dire le fait qu'on n'ait jamais revu Annie Tyler, il lui a semblé plausible qu'elle ait été assassinée, et que dans ce cas le coupable devait vraisemblablement être son mari. Dans cette hypothèse, et selon une certaine logique qui veut que les criminels ne prennent généralement pas le risque de déplacer les victimes, il a fort justement déduit que le cadavre de Mrs Tyler se trouvait toujours à Chartham. Pour nous aiguiller vers la thèse de l'assassinat, sans prendre trop de risques, il a dessiné cette croix, peut-être juste pour évoquer une tombe, et non le cimetière jouxtant la propriété de Tyler. Quant au croquis du cygne, c'était simplement le symbole de cette auberge, qui lui appartenait jadis, comme nous y avions d'ailleurs songé nous-mêmes...

— D'accord. Cela se tient, mais n'explique pas la présence de la statuette du cygne juste à côté de la tombe !

Kendall éteignit sa cigarette et, sans grande conviction, maugréa :

— À moins qu'il ait noté ce détail en rendant un jour visite à Tyler ?

— Et alors ? Cela ne nous explique toujours pas *comment il pouvait connaître cet endroit* ! Seul le coupable le savait !

Avec un claquement de doigts furieux, Kendall repartit :

— Ça, c'est peut-être un coup de chance ! Il s'agit d'une simple statuette décorative !

— Un « signe » du destin, comme disait Tyler ?

— Et pourquoi pas ? Ça arrive parfois. Tout rationnel que je suis, je peux vous dire qu'il m'est déjà arrivé des choses étonnantes durant ma carrière, des intuitions qui se sont révélées exactes et que je n'ai jamais su m'expliquer !

— D'accord. Mais cette vision précise s'ajoute aux précédentes, dont celle de la sacoche sous le pont...

— Je vous ai dit qu'il pourrait très bien être le voleur !

— Oui, mais j'ai alors du mal à croire à ce coup de chance, qui sert si opportunément ses desseins, comprenez-vous ?

Kendall en convint de mauvaise grâce.

Le regard tourné vers le bar, où la jeune Mrs Sawyer s'employait à servir les clients avec force sourires, sir John fit remarquer après une pause :

— C'est curieux. Je me dis souvent que l'histoire se répète, comme si la vie était une suite de scénarios écrits par un auteur en panne d'idées.

— Que voulez-vous dire ?

— Notre aubergiste est une fort charmante personne, qui suscite maints regards admiratifs de la part des clients, comme ce fut le cas avec Annie Tyler...

Kendall se dérida quelque peu.

— En d'autres termes, vous n'excluez pas le fait que Mrs Sawyer disparaisse un beau jour elle aussi ?

— Non, répondit le châtelain en souriant. Pas plus que je ne la soupçonne d'infidélité. Je notais simplement la coïncidence : une patronne ravissante et un mari jaloux.

— À propos de jalousie, John, j'ai aussi une remarque à vous faire. Ou plutôt un conseil à vous donner.

— Comme notre voyant local ?

— Si vous voulez. Bien que moi, évidemment, je ne sois pas infaillible. Vous pourrez toujours consulter Mr Markale au besoin. En fait, il s'agit de nos enfants...

— Vous voulez dire Trevor plus exactement ?

Sur ces mots, le châtelain se tourna vers son fils qui, quelques tables plus loin, suivait attentivement l'évolution du concours de fléchettes.

— Regardez, il est en train de parier sur les joueurs, reprit-il sur un ton d'amère ironie. Là aussi, l'histoire est écrite. Dans quelques jours, il viendra m'expliquer tout penaud que la chance lui a tourné le dos, mais que si j'étais assez bon pour le dépanner provisoirement, il pourrait gagner un petit pécule lui permettant de prendre un nouveau départ dans l'existence... Voyez-vous, Oliver, il y a bien longtemps que je m'inquiète pour l'avenir de mon rejeton...

— Tant qu'il ne sera pas face à ses responsabilités, il est à craindre qu'il ne change guère.

— Vous avez raison. Je manque de fermeté à son endroit. L'ennui, c'est qu'en le sermonnant comme il le mérite, j'ai l'impression de le défavoriser par rapport à Philip qui, lui, ne me donne que des satisfactions.

— Je ne sais pas exactement ce qui se passe entre eux, John. Je veux dire entre vos deux fils et Sandra, qui est très perturbée ces temps-ci.

— Il m'est très difficile d'intervenir, Oliver, ils

sont tous deux majeurs. Ne serait-il pas plus simple que vous donniez des consignes strictes à votre fille ?

Kendall fit une grimace.

— Je n'ai jamais été partisan de l'interdiction systématique. Mais il n'y a pas que cet aspect du problème. D'après ce que j'ai pu comprendre, il pourrait y avoir une rivalité entre eux, non ?

— Pourrait ? Vous voulez dire une rivalité permanente, qui remonte à leur plus tendre enfance ! Croyez-le bien, je suis d'autant plus sensible à vos craintes que je les ressens moi-même depuis fort longtemps. Mais que faire ? Nous avons tout essayé, en vain...

Au terme d'un silence, Kendall déclara avec une froide détermination :

— Allons consulter Markale une nouvelle fois ...

— Comment ? Pour qu'il mette son nez dans nos affaires personnelles ? Certainement pas. Je plaisantais tout à l'heure, Oliver, et je pensais que vous l'aviez compris !

Le policier secoua la tête, avec un sourire de félin.

— Bien sûr. Mais je ne parlais pas de ça. Mon idée est d'aller retrouver Markale pour lui proposer un troisième défi, une affaire inexpliquée dont je m'étais occupé à l'époque...

— Les vols de bijoux ?

— Oui. Cet échec m'est d'ailleurs resté en travers de la gorge. Et là, voyez-vous, si ce type parvient véritablement à nous désigner le coupable, alors je suis prêt à m'incliner et à reconnaître publiquement ses dons exceptionnels !

Une lueur de vanité brilla dans le regard de Kendall, qui ajouta :

— Mais je suis sans crainte cette fois-ci. Cela m'étonnerait fort qu'il parvienne, avec son misérable bout de ficelle, à retrouver la trace d'un voleur assez malin pour avoir réussi à me glisser entre les doigts !

12

Londres

Le fond de salle du *Britannia* n'était que chichement éclairé, même par beau temps C'était pourtant l'endroit préféré du Dr Twist, gentleman d'un certain âge, d'une maigreur effarante et portant de superbes moustaches rousses. Il appréciait cette douce pénombre, qui mettait en valeur les rayons du soleil, filtrés par les carreaux des petites fenêtres sertis de plomb. Avec ravissement, il regardait la lumière purifier tout ce qu'elle touchait, comme si une fée y avait jeté une pluie d'étoiles. Des taches colorées se dessinaient sur la nappe et l'alcool ambré chatoyait dans le verre entre ses mains. Comme un enfant devant une vitrine de Noël, il était fasciné par ces jeux de lumière. D'une manière générale, le Dr Alan Twist avait bon caractère, restait serein même lorsque la fortune lui était contraire. Il paraissait voué à une existence paisible, mais il avait choisi la criminologie comme violon d'Ingres, et – surtout – comme ami, l'inspecteur Archibald Hurst, qui n'était pas né sous la même étoile. Le policier semblait avoir un don pour drainer vers lui les affaires les plus inextricables. Alan Twist, qui guettait sa venue, n'eut pas à attendre bien longtemps.

Archibald Hurst, corpulent sexagénaire au visage sanguin, prit place à sa table. Ses rares cheveux noirs étaient soigneusement peignés sur son crâne rose, ce qui était en général l'indice de sa bonne humeur, peut-être même davantage que le sourire onctueux plaqué sur son visage. Twist savait cependant d'expérience que cette bonhomie paterne ne durait guère. La moindre allusion à quelque périlleuse affaire ferait tomber un masque blême sur sa grosse figure rougeaude.

— Tout va bien, Archibald ? s'enquit le Dr Twist en allumant sa pipe.

— Bien sûr que tout va bien ! rétorqua le policier. Pourquoi diable voulez-vous qu'il en soit autrement ?

— Parce que neuf fois sur dix, quand vous me fixez rendez-vous ici, c'est qu'il y a de l'orage dans l'air !

— Vous êtes toujours aussi pessimiste, vous, hein ? ricana Hurst.

— Non, simplement réaliste. Mais, après tout, si cela vous chante, je veux bien parler de la pluie et du beau temps !

— Du beau temps ? Et pourquoi pas ? Car je m'apprête précisément à partir en vacances. J'allais d'ailleurs vous proposer de m'accompagner...

— Ah ? Et où comptez-vous aller ?

— Chez un cousin qui habite à Bodmin, en Cornouailles. Vous devez le connaître. Il me semble vous l'avoir présenté jadis, lors de cette fichue affaire du peigne cassé[1], vous vous souvenez ?

Le Dr Twist acquiesça avec un sourire empreint de nostalgie.

1. Voir *Le Cri de la sirène*, Masque n° 2378.

— Je ne sais pas pourquoi, poursuivit Hurst, mais j'aime beaucoup cette région. Le climat n'est pas particulièrement clément, mais il y a quelque chose de sauvage et de mystérieux qui m'attire... Dites, Twist, je peux vous offrir une autre bière ?

— Volontiers. Mais dites-moi surtout ce que vous avez derrière la tête !

L'inspecteur roula de gros yeux surpris :

— Mais rien, voyons ! Je comptais juste vous faire cette proposition, me disant que nous avons bien mérité quelques jours de repos, loin des turbulences de la capitale, après une année aussi chargée !

Twist leva des yeux méfiants au-dessus de son pince-nez.

— Vous êtes sûr qu'il n'y a pas d'autre raison ?

— Eh bien...

— Quelque petit mystère à éclaircir, comme ça, en passant ?

Archibald Hurst porta un doigt songeur à ses lèvres, puis hocha la tête.

— Maintenant que vous me le dites, oui, en effet. Mon patron m'a demandé de vérifier un détail. Mais cela m'a paru tellement insignifiant que je n'ai pas cru bon de vous le signaler.

Twist sourit, vida son verre, s'essuya les moustaches d'un revers de main, puis demanda avec affabilité :

— De quoi s'agit-il ?

— Une histoire de voyant, qui n'aurait pas son pareil pour retrouver des objets disparus.

Le policier avait prononcé ces mots d'un ton parfaitement détaché, mais quelque peu démenti par le soin qu'il prenait pour allumer son cigare. Après avoir exhalé un nuage de fumée, il ajouta :

— La routine, quoi ! Ce n'est certainement pas des vétilles de ce genre qui pourraient nous gâcher les vacances ! D'ailleurs nous aurons tout le temps d'en parler durant notre voyage.

— Méfiez-vous, Archibald, vous devriez savoir que plus une affaire paraît simple, plus elle se révèle embrouillée !

— Je sais surtout que vous adorez les paradoxes, mon ami. Alors, c'est oui ? Vous êtes partant pour quelques jours au grand air ? Nous pourrions partir dès demain matin avec le premier express à *Paddington Station* !

— Comment vous dire non, Archibald ? Votre rayonnante bonne humeur inspire la plus grande confiance. Mais j'aimerais quand même que vous m'en disiez un peu plus sur votre devin.

Le policier finit par se confier à son ami. Son résumé des faits correspondait dans ses grandes lignes aux événements évoqués. Lorsqu'il eut terminé, le Dr Twist s'étonna :

— Une simple affaire, dites-vous ? Vraiment, Archibald, je suis loin de partager votre avis !

Le policier haussa les épaules :

— Patrick Markale n'est qu'un charlatan, c'est évident. Il nous suffira de le confondre et la cause sera entendue !

— Ce n'est pourtant pas ce que semblent penser certains de vos supérieurs !

Hurst prit une profonde inspiration, puis posa fermement son poing sur la table :

— Bon, je vais vous expliquer comment nous en sommes arrivés là. En réalité, il s'agit d'une escarmouche entre services, comme cela arrive dans d'autres professions. Le chef de la police de Liverpool croit fermement aux pouvoirs de ce Markale, depuis qu'il a retrouvé son chien perdu, auquel lui et sa femme étaient très attachés. Par la suite, il a aussi aidé pas mal de personnes à retrouver des objets volés, si bien qu'il jouit désormais d'une grande estime. Mais plus d'un se refuse à croire en ses pouvoirs, dont mon propre chef, qui m'a demandé d'aider Kendall à confondre l'imposteur. (Hurst s'éclaircit la voix, avant d'ajouter d'un air de fausse modestie :) Il n'ignore pas que je suis très à l'aise dans ces affaires de divinations et de faux mages...

– Kendall ? Oliver Kendall ? répéta Twist, songeur. Vous me l'aviez jadis présenté, non ? C'est un de vos plus brillants confrères, il me semble ?

– En effet. Mais il était surtout spécialisé dans l'arrestation des malfrats, et non des affaires relevant de l'étrangeté, qui exigent, comment dire ?... un peu plus de doigté.

Twist hocha longuement la tête, puis déclara :

– Vous pensez donc que ce prétendu devin commet lui-même ces forfaits ?

– Lui ou un comparse, oui. C'est en général de cette manière que procèdent les prophètes de son espèce. (Posant sa large main sur l'épaule de son compagnon, Hurst ajouta :) Enfin, pourquoi tant de réserve, Twist ? Cela me surprend de votre part ! Nous avons arrêté des criminels autrement plus redoutables que ce saltimbanque de province, non ? Je suis sûr que l'affaire sera bouclée en un tour de main, le temps d'un entretien avec notre gaillard !

– Je me réfère simplement aux faits que vous m'avez rapportés, Archibald. Indiquer de manière aussi précise l'emplacement de deux cadavres, dans une ville où vous n'avez jamais mis les pieds... ce n'est pas un mince exploit !

La mèche soigneusement peignée du policier venait de retomber sur son front.

– C'est vrai, soupira-t-il soudain mal à l'aise, je n'ai pas réussi à trouver une explication satisfaisante jusqu'ici. Mais un autre détail me laisse perplexe. D'après mes informateurs, Markale serait allé à Chartham pour se ressourcer...

– Y puiser son inspiration ?

Hurst grimaça un sourire :

– Mieux encore, il compte y trouver une source magique, qui accroîtrait ses pouvoirs extrasensoriels...

– *Une source magique ?* s'étonna Twist en dévisageant son ami par-dessus son pince-nez. Décidément, je trouve que votre affaire simple se complique singulièrement !

Une fine moiteur perlait au front du policier, qui répondit, hésitant :

– Et le plus étrange, c'est qu'au dire de certains, il l'aurait trouvée.

13

À la tombée de la nuit, après avoir passé sa journée à Exeter à faire des emplettes, Ruth Kendall entra en catimini dans le débarras, qui offrait un peu plus de place depuis que la vieille table en sapin avait été vendue. C'était le seul endroit où elle pouvait s'isoler sans courir le risque d'être surprise par Oliver ou Sandra.

Elle se faufila entre chaises de jardin et meubles entassés pour arriver devant le buffet qui renfermait ses précieux objets. Elle ouvrit alors avec précaution son sac, et, le cœur battant, en sortit plusieurs paquets. Elle les défit un à un, en extirpa le contenu afin de s'assurer une fois de plus de son bon choix. Le premier recelait un pot rempli d'une matière grasse délicieusement parfumée, à base de spermacétie, qu'elle avait pu se procurer dans une droguerie – elle était très heureuse de cette acquisition, un des éléments de sa liste le plus difficile à trouver. Elle inspecta le paquet de bougies, qui contenait la poudre d'os qu'elle avait dénichée chez un horticulteur, et jeta un coup d'œil rapide aux autres, remplis de menus ingrédients. Elle fit une pause avant d'ouvrir le dernier paquet, à l'intérieur duquel se trouvait une boîte en carton trouée, car elle savait qu'il allait lui poser quelques problèmes... Elle souleva doucement le couvercle et son cœur frémit à la vue de la petite tortue qui s'y nichait, et surtout à l'idée du sort qui lui était réservé... Quand tout fut bien rangé sur les étagères, elle ferma les yeux et se mit à prier Dieu de lui donner la force nécessaire d'aller jusqu'au bout. Elle allait devoir faire preuve d'un grand courage et d'une inébranlable fermeté. Sa vie était à ce prix.

Pendant ce temps, Sandra n'était pas au repos non plus, elle passait au crible la bibliothèque. Le fait que sa mère s'y rende régulièrement ne lui avait pas échappé. Et elle voulait absolument savoir pourquoi. Elle doit avoir une raison précise, se dit-elle, d'autant qu'elle opère ses visites en tapinois.

Son regard fit le tour de la pièce, avant de s'arrêter sur les rayonnages chargés de livres. Qu'y avait-elle trouvé ? Un indice compromettant ? Rien qu'à cette idée elle sentait le sang battre à ses tempes. *Mon Dieu, j'espère qu'elle n'a pas deviné...*, se murmura-t-elle, les larmes lui montant aux yeux. À ce moment précis, elle entendit grincer la porte...

Oliver Kendall apparut dans l'embrasure. En essayant de capter le regard de la jeune fille qui avait baissé la tête, il demanda d'une voix autoritaire :

— Qu'y a-t-il ? Tu sembles bien nerveuse !

Serrant les mains pour contenir ses tremblements, elle bredouilla :

— Non, tout va bien...

— Que fais-tu ici ? Tu es venue pour lire ?

— Euh... non... Je regardais simplement si je n'avais rien oublié...

Un silence gênant s'instaura, avant que Kendall,

tournant la tête vers les masques accrochés au mur, décrète :

— Il faudra que j'enlève ces figures de cauchemar, j'ai l'impression qu'ils t'effrayent...

— Si tu veux...

— Et ces livres poussiéreux aussi, par la même occasion !

Sans un mot, elle se dirigea vers la porte, mais il se planta devant elle et dit d'une voix autoritaire :

— Sandra, il faut que je te parle.

— Oui ?

— C'est au sujet des fils Leighton...

— Oui ?...

La voix de Kendall se fit lourde de reproches :

— Tu ne t'en doutes pas ?

— C'est à propos de... Trevor ?

— Oui, entre autres. J'en ai même parlé à son père, et il est tout à fait d'accord avec moi. Sa fréquentation te perturbe...et...

— Et ... ?

— Eh bien... tu es encore trop jeune !

Sandra eut une moue étonnée :

— Trop jeune ?...

Kendall la prit fermement par les épaules, comme pour mieux lui faire entendre raison :

— Je veux dire dans ta tête... Il faut te méfier... Sir John lui-même en convient, Trevor n'est qu'un sale garnement qui n'a que de mauvaises idées !

La jeune fille le regarda longuement, haussa les épaules, puis fit mine d'avancer de nouveau vers la sortie. Mais Kendall la rappela. Sa voix s'était radoucie.

— Sandra, je sais que tout est encore confus pour toi. Ces choses-là te dépassent pour le moment... Oui, je le comprends fort bien. Mais un jour, tu verras, tout s'arrangera ! J'en suis certain.

— Il faudrait dans ce cas un miracle, répondit la jeune fille d'une voix atone, avant de prendre congé.

*

En descendant au salon du manoir, à une heure assez tardive, Trevor fut surpris d'y trouver son frère enfoncé dans un fauteuil, un verre à la main. Cette scène lui semblait suffisamment insolite pour qu'il lui adresse la parole.

— Des problèmes ? s'enquit-il avec un détachement feint.

Philip ramena en arrière la mèche blonde qui lui masquait un œil. Le regard qu'il posait sur son frère était singulièrement fixe.

— Oui, pour ne rien te cacher. Mais je suppose que cela t'emplit de joie...

Trevor gagna le bar, se servit un whisky, puis s'approcha de Philip en lui adressant un sourire trop appuyé pour être honnête.

— Mais pas du tout, mon cher. Aurais-je la moindre raison de t'en vouloir ?

— Tu seras peut-être encore plus heureux d'apprendre que c'est à cause de toi, n'est-ce pas ?

Trevor ne se départit pas de son sourire. L'attitude de son frère l'étonnait. Jamais, du moins ces temps-ci, il ne lui avait parlé de manière aussi directe.

— À cause de moi ? Qu'ai-je donc fait qui puisse froisser tes nobles et délicates pensées ?

— Tu as fait du mal à quelqu'un qui m'est cher...

— Ah ? Et qui est-ce ?

— Tu le sais très bien. Et cela, je ne te le pardonnerai jamais.

L'aîné des Leighton considéra son frère, interloqué.

— Si c'est de Sandra que tu parles, sache que je ne lui ai fait aucun mal. Au contraire, je me suis même employé à lui procurer le plus de bonheur possible !

— Tais-toi ! s'écria Philip, comme électrisé. Mêle-toi de tes oignons et évite dorénavant de... de piétiner mes plates-bandes !

Trevor sourit. Le ton et l'audace de son frère, ainsi que ses yeux vitreux indiquaient qu'il avait bu plus que de raison. Il devenait ainsi une proie particulièrement vulnérable. La partie se révélait finalement plus facile que prévu.

— Tes *plates-bandes* ? Vraiment, tu ne manques pas de toupet, mon cher. Je ne savais pas que tu considérais Sandra comme une propriété privée ! Je serais curieux de savoir ce qu'elle pense de cette appréciation !

— Tais-toi, ou je te ferai ravaler chacune de tes paroles !

— Me taire ? dit l'autre en levant son verre. Mais je n'en ai aucune envie, mon cher frère ! Au contraire, ce soir, j'ai même envie de parler, vois-tu ? Et justement de Sandra, puisque nous y sommes. Moi, je trouve que c'est une fille pleine de tendresse... Mais au fait, t'a-t-elle déjà accordé ses faveurs ? Non ? Un petit baiser alors ? Non plus ? Si, quand même... sinon tu ne te mettrais pas dans tous ces états ! Mon pauvre, si tu voyais ta tête !

— Un mot de plus, Trevor, et je ne réponds plus de mes actes...

— Des menaces maintenant ? Comme c'est comique ! Cela dit, je suis à ton entière disposition si tu souhaites régler tes comptes. C'est irritant, n'est-ce pas, de ne pas pouvoir assouvir ses moindres désirs quand on est habitué à tout avoir sur un plateau !

Trevor s'approcha de la commode et se pencha

vers la photographie de feu leur frère, prise peu de temps avant sa disparition.

— Ce brave Henry, dit-il, tout donnait à penser qu'il était promis à un brillant avenir. Hélas ! il est parti bien tôt... Ce serait vraiment dommage que je devienne le dernier rejeton de la famille. Pense à ta pauvre mère si tu venais à disparaître...

— Cette fois, c'en est de trop ! grinça Philip en s'extirpant péniblement de son fauteuil.

D'un geste vif, Trevor lui jeta au visage le contenu de son verre et lui flanqua de l'autre main une gifle si brutale qu'elle le projeta au sol. Après quoi, il ajouta d'une voix vibrante de mépris :

— Ceci n'est qu'un petit acompte, frérot. Sache désormais que c'est moi qui fixe les conditions. Si je te vois encore une fois tourner autour de Sandra, je serai beaucoup plus méchant, que tu sois soûl ou non !

14

11 août

Ce soir-là, le petit salon de Patrick Markale était uniquement éclairé par deux candélabres posés sur le buffet. Dehors, le vent soufflait en rafales. Un volet mal assujetti à l'étage faisait entendre d'agaçants claquements et les flammes des bougies, comme effrayées, ondulaient au moindre courant d'air. Sir John, Kendall et leur hôte étaient installés autour de la table de sapin, sur laquelle était étalée une carte des environs. Markale regardait droit devant lui un point imaginaire, comme pour mieux se concentrer. Aussitôt après avoir entendu la requête de ses deux visiteurs, il leur avait fait comprendre que cette nouvelle expérience allait être plus délicate que les précédentes. Il n'était pas habitué à être sollicité de façon répétée en un si court laps de temps et sentait ses pouvoirs psychiques s'émousser. Le policier avait rétorqué qu'il était enclin à en douter, compte tenu de ses brillants résultats.

— Vous savez, déclara Markale après un silence, je suis parfois moi-même étonné de mes propres pouvoirs. D'autant plus que je n'ai souvent aucun contact direct, ni même lointain, avec les problèmes que l'on me soumet, comme celui dont vous venez de me parler. Je vous demanderai de m'exposer une nouvelle fois les faits en détail, c'est très important. Même la chose la plus insignifiante à vos yeux peut se révéler déterminante...

– Là, je suis tout à fait d'accord avec vous, Mr Markale, intervint Kendall. C'est même le raisonnement que doit tenir tout bon enquêteur !

Le voyant eut une moue sceptique.

– Cela dit, je ne vous garantis aucun résultat. Mon art n'est pas une science exacte...

Sir John échangea un regard complice avec son ami. Cette fois-ci, Kendall s'était entouré d'un maximum de précautions. Il avait fait placer la maison du voyant sous surveillance constante – deux agents de police se relayant dans une remise voisine – de sorte qu'aucun des déplacements du voyant ne leur échapperait, ni d'éventuelles visites de complices.

– Bien, reprit l'inspecteur Kendall, qui semblait très sûr de lui à ce moment-là. Je vais donc reprendre les faits, qui remontent au début de l'année dernière, en janvier très exactement. Notre maire s'était rendu ce soir-là chez des amis, dans un village voisin. Accompagné de sa famille, il n'était rentré chez lui que tardivement. Mais ce n'est que le lendemain qu'il constata le vol dont il avait été victime. Le malfaiteur s'était introduit dans les lieux en brisant un carreau à l'étage, puis avait forcé son coffre-fort. Un coffre-fort assez rudimentaire d'ailleurs, au point que la compagnie d'assurances hésita même à le dédommager. Il faut dire qu'il y avait là plusieurs bijoux de valeur. C'est moi-même qui ai enquêté sur ce vol, mais sans découvrir le moindre indice, si ce n'est les traces d'effraction. Je pensais comme tout le monde à un rôdeur, voire un cambrioleur de plus grande envergure, qui aurait incidemment entendu parler du contenu du coffre du maire. En tout cas, nous pensions qu'il s'agissait d'un étranger.

» Mais une semaine plus tard, il y eut un cambriolage similaire chez le boulanger. Puis une dizaine de jours plus tard, ce fut au tour d'un notable d'un village voisin, qu'on avait également dépossédé de ses bijoux. Là, le cambrioleur avait poussé l'audace jusqu'à opérer en présence des propriétaires, qui dormaient à poings fermés il est vrai. Nous ne découvrîmes aucun indice. Visiblement, nous avions affaire à quelqu'un de très habile et de méticuleux, et non à une de ces brutes qui agissent à la hâte. Nous avions également interrogé les voisins, mais en vain. Personne n'avait rien vu. Ni rôdeur nocturne, ni promeneur suspect durant la journée. Puis début mars, il y eut un quatrième cambriolage...

Kendall se tut, et se tourna vers sir John, qui hocha tristement la tête :

— C'était à mon tour d'être la victime du voleur. Ce lui fut d'ailleurs chose aisée, car la maison était vide de tout habitant. Nous avions donné congé ce jour-là à nos domestiques et mes fils n'étaient pas là non plus. Deborah et moi passions la soirée chez des amis. Dès notre retour, nous avions aussitôt constaté notre malheur. La porte de service avait été forcée... Mais je dois dire que, d'une certaine manière, nous avons eu de la chance. Je possède deux coffres-forts chez moi. L'un bien caché derrière un panneau, et l'autre assez apparent dans mon bureau. C'est ce dernier que le voleur a forcé. Il y avait là plusieurs bijoux de valeur, mais c'était un butin dérisoire par rapport au contenu de l'autre dont il ignorait vraisemblablement l'existence, car nulle trace d'effraction ne fut découverte derrière le panneau.

— Ce fut là sa dernière intervention, reprit Kendall d'une voix sourde. Depuis lors, plus aucun cambriolage ne fut signalé ni à Chatham, ni dans les environs. Ce mystérieux voleur avait troublé notre paisible vie campagnarde aussi soudainement qu'il avait cessé ses activités. Et je dois avouer que, malgré mes efforts, je n'ai jamais découvert la moindre piste pouvant mener à lui.

— Même pas un suspect à l'horizon ? demanda le voyant, l'air sombre et pensif.

— Non, répliqua le policier, le visage fermé. Par réflexe, nous avons soupçonné quelques garnements des environs, mais sans arriver au moindre résultat.

— Et aucun des objets volés ne fut retrouvé ?

— Si, une fois, à Londres, chez un revendeur ambulant, mais au travers d'une filière si bien cloisonnée qu'il nous fut impossible de la remonter.

— Il s'agirait donc d'un professionnel...

— Oui, c'est ce que nous avons pensé. Mais un professionnel local, dans ce cas, puisqu'il avait choisi la région comme cible. Et d'après mon expérience personnelle, ce genre d'individu ne s'arrête pas en si bon chemin, surtout s'il ne s'est jamais fait pincer.

Markale posa un regard sceptique sur la carte des lieux.

— L'ennui, dit-il, c'est qu'à présent son butin se trouve sans doute dispersé un peu partout dans le royaume. Je ne vois vraiment pas ce que je pourrais faire dans ce cas. Je vous ai déjà expliqué que mes dons de voyance se limitent à une zone restreinte...

— C'est bien dommage, fit Kendall avec un sourire narquois. Pour être franc, Mr Markale, nous sommes un peu déçus. Personnellement, cette affaire me tient beaucoup à cœur. J'avais espéré que vous parviendriez à nous guider, soit vers le voleur, soit vers le butin, car après ces premières séances si prometteuses...

– Je vais voir ce que je peux faire, trancha Markale, comme piqué au vif.

Sur quoi, il se munit du pendule et le fit osciller de nouveau au-dessus du plan. Au bout d'une minute, sans rien obtenir de probant, il renonça. À sa demande, sir John déploya une carte du pays. Les essais de l'extralucide se révélèrent tout aussi vains.

Il fit alors appel au verre d'eau, rappelant à ses quêteurs que cette solution d'ultime recours, exigeant beaucoup de concentration de sa part, offrait rarement des résultats. Il lui fallait réunir une énergie cérébrale considérable pour pallier le problème que constituait l'étendue des recherches, ainsi que le facteur temps, assez important, qui séparait l'instant présent de celui de cette série de vols.

Devant les visages intrigués de ses hôtes, le voyant resta plusieurs minutes immobile à sonder la transparence de l'eau, tandis que le vent continuait d'agiter le volet à intervalles réguliers.

Il sembla s'assoupir. Mais, lorsqu'il se redressa, son visage était devenu pâle à faire peur. Il regardait droit devant lui, avec la fixité d'un aveugle. De ses lèvres entrouvertes sortirent quelques bribes, mais Kendal et sir John étaient suffisamment attentifs pour les comprendre :

– *Une chaussure... Des plumes... Je vois une chaussure et des plumes...*

15

Le lendemain soir, au *Cygne Blanc*, Oliver Kendall s'entretenait avec son ancien collègue l'inspecteur Hurst et le Dr Twist, qui venaient d'arriver de Londres. Il semblait avoir repris confiance, ayant considéré la dernière séance du voyant comme un échec, et déclarait crânement :

– J'ai bien peur que vous ne vous soyez déplacés pour rien, messieurs ! J'ai fini par l'acculer dans une impasse, non sans difficulté, il est vrai. Mais il vient lui-même de montrer les limites de ses pouvoirs. Désormais, il ne me reste qu'à faire la preuve de son imposture. Ce n'est donc plus qu'une simple question de temps...

L'inspecteur Hurst s'adressa à son compagnon en souriant :

– Vous voyez, Twist, je vous l'avais bien dit, il ne s'agissait que d'une simple formalité. Cette affaire a été montée en épingle, à cause d'une huile, prosternée devant sa femme, elle-même trop heureuse d'avoir retrouvé son toutou. Ce qui prouve bien que la stupidité ne frappe pas que les humbles !

– Il n'en demeure pas moins que notre lascar a un certain talent, fit Kendall en tenant fermement sa chope de bière. Vous devriez le voir, les yeux perdus dans le vague, en train de sonder l'éther, en quête de visions révélatrices. Il a bien dosé son personnage, j'en conviens, sans exagérer les artifices et jouant habilement dans le registre de la fausse modestie. Je comprends qu'il ait réussi à duper tant d'esprits crédules...

— Avant de partir, reprit Hurst, un collègue m'a remis un dossier le concernant. Une sorte de catalogue de ses réussites. C'est impressionnant. Mais pour qui a l'habitude de ces escrocs, il est aisé de deviner ses méthodes. Ainsi, la plupart des objets brillamment retrouvés peuvent très bien avoir été volés par lui-même ou par un comparse : un chien, diverses affaires personnelles, des lettres intimes, un portefeuille bien garni, et j'en passe.

— Oui, c'est aussi ce que je m'étais dit, approuva Kendall. J'avais d'ailleurs prévu de mener ma propre enquête sur son passé, mais le temps m'a manqué. Ainsi, j'ai bien peur que vous ne vous soyez déplacés pour rien. Mais votre présence est quand même réconfortante, et je suis réellement heureux de constater que la police n'est pas dupe de ce gogo ! Croyez-moi, seul dans ce coin perdu où l'on croit volontiers aux légendes et aux phénomènes mystérieux, il m'est arrivé de douter, non seulement de mes supérieurs, mais de moi-même ! Car, voyez-vous, mes proches et mes amis croyaient – et croient toujours – aux pouvoirs exceptionnels de ce charlatan !

— J'aurais bien aimé le rencontrer, dit le Dr Twist d'un air rêveur.

— Cela ne pose aucune difficulté. Ce soir même ou demain, si vous êtes encore là...

— D'accord, répondit Hurst. Nous avons prévu de rester quelques jours et avons retenu des chambres ici même. Nous sommes déjà venus dans la région, mais jamais dans cet endroit, qui semble encore plus reculé et plus sauvage...

— C'est ce que je me dis aussi ! soupira Kendall, avec un sourire triste. Au début, j'avais du mal à supporter cet isolement, ce vent lancinant, cette grisaille et ces incessants cris des mouettes. Mais on finit par s'y habituer, comme on finit par s'habituer à tout.

— Mais pas aux visions de notre devin local ! déclara gaiement le Dr Twist, qui venait d'allumer sa pipe.

— Certes non ! s'écria vivement Kendall.

— À propos, pourriez-vous nous exposer en détail ses dernières visions ? J'ai cru comprendre que l'une d'entre elles restait très étrange...

Le policier local évoqua par le menu les séances auxquelles il avait assisté, ainsi que les découvertes qu'elles avaient permises, et conclut :

— J'avoue que la trouvaille du cygne et de la croix reste hallucinante...

— Peut-être connaissait-il déjà tout simplement la réponse ? suggéra Hurst. Cela paraît hautement improbable, mais expliquerait tout. Il aurait peut-être prévu que vous lui soumettriez le cas...

— Nous y avons songé... Mais comme vous dites, ce serait hautement improbable.

— L'avez-vous fait surveiller ? Cela pourrait-être utile, au cas où il se ferait aider par un comparse...

Le visage piqué de rousseur du policier se durcit.

— Non, malheureusement pas au début ! C'est en effet une erreur de ma part ! Mais maintenant, j'ai pris les mesures qui s'imposent. Notre lascar est désormais sous étroite surveillance. Donc, depuis hier soir, je sais qu'il n'a reçu aucune visite et n'est sorti qu'une fois de chez lui pour aller acheter du pain, à midi.

— Et vous n'avez rien trouvé en rapport avec la « chaussure » et les « plumes » !

— Exactement, répondit Oliver Kendall non sans

satisfaction. C'est à ma connaissance son premier échec, et cela tend à prouver que nous tenons le bon bout. Ayant remarqué qu'on l'observait, il n'a pu agir à sa guise. Mon ami le châtelain et moi-même avons malgré tout passé la journée à nous creuser les méninges, à tenter de donner une signification à ces mots, à chercher partout au village quelque chose s'y rapportant, mais en vain.

— Vous avez pourtant bien vu quelques paires de chaussures durant toutes ces recherches ? dit Twist avec un éclair de malice dans ses yeux.

— Oui, mais uniquement aux pieds de gens, ce qui semble assez normal, non ?

— Et des plumes ? Avec toutes ces mouettes, il devrait bien y en avoir !

Kendall changea soudain d'expression.

— C'est curieux, maintenant que vous m'en parlez, je viens de me rappeler une chose. Non loin de l'entrée du manoir de sir John, il y avait une mouette morte, à moitié écrasée. Sur le coup, j'ai simplement détourné les yeux, sans penser...

— Aux plumes ?

— Oui, admit Kendall d'un air grave, mais je ne crois pas qu'il y ait un rapport. Admettez que, à force de cogiter, on finit par trouver des rapports partout ! Soyons très prudents dans nos conclusions !

— Oui, approuva Hurst. Et c'est peut-être aussi le truc qu'il utilise lui-même pour se sortir d'affaire lorsqu'il est pris au dépourvu, se contentant alors de lancer quelques mots énigmatiques, comptant sur l'aide des gens concernés qui, eux, finiront par fabriquer un lien de toutes pièces !

— Vous avez raison, Archibald, déclara posément Twist. C'est une méthode qui peut se révéler diaboliquement efficace. Jusqu'ici, cet homme nous avait habitués à des preuves ou des signes évidents. Or, là… rien, si ce n'est un oiseau mort, comme il doit y en avoir des dizaines dans le secteur…

Il se fit un silence à la table des trois hommes, rompu par Twist.

– Mais dites-moi, Kendall, on nous a parlé d'un autre mystère : la présence à Chatham d'une source magique, qui aurait d'ailleurs attiré notre voyant en ces lieux.

Kendall hocha la tête, un sourire amusé aux lèvres.

– Oui, la source de Sibyl, notre légende locale. J'ignore si Markale l'a retrouvée, mais nous pourrons toujours lui poser la question. Vous connaissez l'histoire ? Non ? Eh bien, je vais vous en parler. Mais avant toute chose, il serait bon que je vous rappelle que nous ne sommes pas à Londres. J'ai moi-même pris beaucoup de temps à me faire aux habitudes locales, à la mentalité des gens, à leur crédulité, leurs craintes face aux vieilles histoires racontées au coin du feu. D'ailleurs, ma femme, qui est du pays, en fait partie. Elle croit dur comme fer aux dons de cet escroc !

– Vraiment ? s'étonna Hurst.

– Oui, et qui plus est, elle le redoute ! Car ce mage de pacotille n'a rien trouvé de mieux que de l'effrayer. Ce jour-là, il ne devait sans doute pas savoir qui j'étais, l'imbécile ! J'avoue que je me sens doublement motivé pour lui arracher son masque. Pour en revenir à cette légende, il faut remonter loin dans le temps, à une époque qu'on ne saurait situer avec exactitude.

» Un jour, un jeune prince des environs se prit de passion pour une belle sirène prénommée Sibyl. On raconta que, par amour, elle changea sa queue en une paire de jambes au galbe superbe. Certains affirment qu'il s'agissait au départ d'une ondine, d'apparence tout à fait normale. Peu importe. Ils s'aimèrent tous deux d'amour tendre, jusqu'au jour où le prince fut contraint de la répudier, ses parents ayant décidé qu'il épouserait la fille d'un riche seigneur du voisinage. Déçue, Sibyl se cacha dans la forêt et pleura tant que ses larmes donnèrent naissance à une source. Honteuse, elle rendit invisibles les preuves de sa tristesse. Mais son chagrin ne tarit pas avec le temps, et cet amour déçu finit même par se transformer en haine. Elle décida alors de se venger des hommes.

» Pouvant à loisir rendre visible sa source, elle arrêtait à son gré les voyageurs qui traversaient les bois. Vantant ses vertus, elle les invitait à boire son eau magique, qui donnait le don de double vue. Elle disait vrai, mais cet apparent bienfait recelait un piège mortel. L'imprudent promeneur se transformait en effet en un devin infaillible, mais ses prédictions ne concernaient que des événements tragiques. Ces prémonitions accumulées engendraient la colère chez les villageois qui, pour mettre un terme à cette série de malheurs, finissaient par le lyncher. Ainsi, racontait-on, plusieurs jeunes prophètes furent tués au fil des siècles, après avoir bu l'eau magique de la source de Sibyl.

» Cette vieille histoire était plus ou moins oubliée jusqu'au jour où la femme de mon ami John, Deborah Leighton, en rentrant un beau jour d'une promenade dans les bois, prétendit avoir entraperçu une jeune fille près d'une source en train de boire son eau délicieuse. On songea aussitôt à la légende. Certains tentèrent de redécouvrir la source à l'endroit décrit, mais en vain. De toute façon, la légende ne disait-elle pas que la source n'apparaissait qu'au bon vouloir de la sirène ? Évidemment, chez les Leighton, personne ne prit son histoire au sérieux, ni son mari ni ses trois fils, vigoureux adolescents qui avaient passé l'âge de croire aux contes de fées. Elle-même ne s'en inquiéta pas. Mais la nuit suivante, elle fit un affreux cauchemar, qui se réalisa quelques jours plus tard : son plus jeune fils tomba du haut de la falaise. Il fut emporté par les courants marins, sans laisser de traces, si bien qu'elle conserve toujours l'espoir de le revoir... La nuit, souvent, elle marche le long de la falaise et appelle désespérément son fils Henry.

Kendall se tut brusquement, comme pour souligner le côté tragique de la scène.

— Mais..., grommela Hurst, qui n'avait pu réprimer un frisson. Cette personne n'a-t-elle pas eu d'autres visions depuis ?

— Non... ou du moins elle s'est bien gardée d'en parler. La disparition de son fils lui a causé un choc si grand qu'elle ne s'en est pas remise. Dans un premier temps, elle n'a plus adressé la parole à qui que ce soit, ne voulant sans doute pas engendrer d'autres malheurs. Vous comprenez, de par sa vision, elle se sentait directement responsable de la mort de son fils ! C'était elle, la sibylle occasionnelle, qui avait bu l'eau de la source et provoqué ce drame simplement en l'imaginant !

— C'est absurde ! grogna Hurst.

— Peut-être. Mais c'est ainsi. C'est sans doute également pour cette raison qu'elle refuse de croire à la mort de son enfant, comme si cela pouvait la décharger de cette lourde responsabilité...

— Connaît-elle l'endroit exact de la source ? s'enquit Hurst, avec une note d'espoir dans la voix.

— Non. Enfin c'est du moins ce qu'elle prétend. Elle pense toutefois que Markale, lui, l'aurait retrouvée, ce qui la soulagerait grandement, car, selon la légende, seule une personne à la fois peut profiter des vertus exceptionnelles de voyance. Force m'est de reconnaître qu'elle se porte beaucoup mieux depuis quelques jours...

— Donc, conclut Hurst, on peut raisonnablement croire que Markale a retrouvé la source !

Kendall allait répondre, lorsqu'il se tourna vers la porte d'entrée de l'auberge qui venait de s'ouvrir.

— Tiens, voilà sir John. Je vais vous le présenter. C'est un homme charmant et fort aimable...

Lorsque le châtelain eut gagné leur table, les deux détectives londoniens purent constater de près la profonde inquiétude qui marquait ses traits, prouvée immédiatement par sa demande prononcée d'une voix chevrotante :

— Oliver, venez... vite !... Je crois... avoir... trou...vé les... plumes et la... la... chaussure...

16

Sandra ouvrit la fenêtre de sa chambre pour fermer les volets. Le vent s'était levé, et elle avait horreur de ses assauts qui faisaient trembler les vitres. Plus que jamais, elle éprouvait le besoin de s'isoler, de se couper du monde extérieur, de ne plus voir personne. Dans la salle de bains, la vue de son propre reflet dans la psyché l'avait contrariée. Elle ne se supportait plus elle-même. Mais, au moment où elle tendait son bras pour débloquer le volet, elle poussa un cri : une main vigoureuse venait de s'emparer de la sienne.

– Trevor ! bredouilla-t-elle en reconnaissant le visage du jeune homme qui venait de surgir de l'ombre.

– Sandra, il faut que je te parle, c'est important ! déclara-t-il d'une voix haletante.

– Eh bien... entre !

Il escalada la fenêtre et d'un bond fut dans la pièce. Ses cheveux d'habitude soigneusement lissés lui tombaient sur les yeux. Les dégageant d'un geste nerveux, il se campa devant la jeune fille, la prenant par les bras.

– Sandra, pourquoi n'es-tu pas revenue depuis l'autre jour ?

– Je pourrais te retourner la question.

— Eh bien... je pensais que tu étais un peu fâchée.
— Tu pensais bien.
— Sandra, s'il te plaît, ne me parle pas ainsi. On dirait que tu t'adresses à un étranger !
Bien que son visage fût très près de celui du jeune homme, elle ne paraissait pas le voir.
— C'est plutôt moi qui suis une étrangère, Trevor. Depuis un certain temps, je ne suis plus moi-même...
— Si c'est à cause de moi, sache que je le regrette beaucoup. Je te désirais tant que j'ai perdu la tête... Tu as bien fait de réagir ainsi. Je ne méritais rien d'autre, vraiment...
Le jeune Leighton eut l'impression de tenir une statue entre ses bras. Aucune étincelle vitale n'animait les grands yeux clairs face à lui.
— Sandra, dis-moi que tu ne m'en veux pas, que nous ferons de nouveau des promenades à cheval dans les bois ! Demain, par exemple...
— Non, c'est inutile.
— Comment ?
— Cela ne servirait à rien, Trevor.
— Mais pourquoi, ma chérie ?
— Parce que j'ai réfléchi. Il ne peut rien y avoir entre nous.
Le jeune homme la considéra soudain d'un air étrange et la relâcha. Ses traits se déformèrent sous l'emprise d'une sourde colère qu'il avait du mal à juguler.
— Sandra, tu veux dire... que tout est fini ?
— Oui. Il vaut mieux que tu le saches une fois pour toutes.
— C'est à cause de... de...
Il ne parvint pas à prononcer le nom qui lui brûlait les lèvres, tandis que sa compagne restait impassible.
— Très bien, bredouilla-t-il. J'ai compris... parfai-

tement compris. Alors il ne me reste plus qu'à tirer ma révérence. (Ses yeux lançaient des éclairs et démentaient ses paroles.) J'espère que tu seras heureuse, ajouta-t-il ironiquement.

Sur ces mots, il disparut par là où il était entré. Sandra, immobile, regarda son ombre se fondre dans la nuit. Puis elle ferma les volets, secoués maintenant par des rafales encore plus violentes.

*

De retour au manoir, Trevor monta quatre à quatre les marches du grand escalier, longea le couloir jusqu'à la chambre de son frère, où il entra sans frapper. Philip, plongé dans la lecture d'une revue, se redressa vivement, mais ne dit mot.

— Je ne te savais pas si doué, mon vieux ! déclara d'emblée Trevor. Eh bien, je te tire mon chapeau... Je t'avais sous-estimé.

— De quoi parles-tu ? demanda Philip, méfiant.

— Mais de tes plates-bandes, bien sûr !

Philip blêmit et serra les poings.

— Je crois qu'il est inutile de revenir là-dessus, Trevor. Cela vaudrait mieux pour nous deux.

— Je ne crois pas. Une ultime mise au point me semble nécessaire. Et pour cela, autant jouer la carte de la franchise...

— Tu parles pour toi.

— Eh bien, oui, j'avoue en toute honnêteté que je n'étais pas très fair-play. Sandra me plaisait bien, mais pas plus qu'une autre. Je me suis amusé à la fréquenter juste histoire de t'embêter, car j'avais remarqué que toi, elle ne te laissait pas indifférent.

— Tu es encore plus infâme que je ne le pensais !

Trevor secoua la tête, arpentant fiévreusement le plancher.

— Non, pas autant que tu le crois. J'essayais

simplement d'équilibrer une situation qui est toujours à ton avantage. J'utilisais mes propres armes, voilà tout. À présent, je vais te parler très sérieusement. Cela me coûte beaucoup, mais si je fais cet effort, c'est uniquement pour que tu comprennes bien la situation.

— Tes confidences sont si rares que je ne risque pas de les oublier !

— J'ai très rapidement compris que Sandra n'était pas une fille comme les autres. J'avoue qu'au début, je prenais simplement plaisir à me promener avec elle, mais par la suite...

— ... Tu t'es pris à ton propre jeu.

Trevor se plaça devant son frère, le regarda droit dans les yeux.

— Je l'aime, Philip. Je l'aime comme je n'ai jamais aimé. Elle sera à moi, et à personne d'autre, que ceci soit bien clair pour toi !

— C'est très exactement ce que je pense, mais en inversant les rôles.

Trevor accusa le coup, tout en restant maître de lui.

— Je crois que l'un d'entre nous est de trop !

— Vraiment, je trouve que tu n'as jamais été aussi sensé que ce soir ! Alors, que proposes-tu ? Un combat à l'arme blanche ? Avec tes poignards ?

— Non. Ce serait bien trop facile pour moi. J'ai décidé de te laisser une chance...

— Ah ?

— Je te propose un combat à mains nues...

Avisant la froide détermination qui brillait dans les yeux de son frère, Philip se redressa pour mieux défier son rival.

— Tu aurais tort de me sous-estimer. J'ai appris la boxe au lycée...

— J'ai dit que je te laissais une chance. Tu auras la

faveur de l'obscurité. Ce soir est une nuit sans lune...

— Dehors ?

— Oui. J'ai pensé à un lieu symbolique, un endroit périlleux qui équilibrera les chances.

— Où ?

— Au bord de la falaise, là où est tombé Henry...

*

Dix heures sonnèrent à l'horloge du hall lorsque sir John et les détectives pénétrèrent dans le manoir. Le châtelain leur désigna un meuble tendu d'un rideau, au bas duquel étaient alignées trois paires de chaussures. De l'une d'elles dépassaient quelques fines plumes blanches. Kendall s'en empara et l'examina.

— Des plumes prises dans la boue sous le talon... Cela ne m'étonnerait pas qu'elles proviennent de la mouette écrasée au bord du chemin, juste devant l'entrée.

— Oui, j'y ai aussi pensé, bredouilla sir John. J'étais en train d'enfiler mes chaussons lorsque je l'ai remarquée. Mon sang n'a fait qu'un tour, j'ai aussitôt pensé à la vision de Markale !

— Hum..., marmonna Kendall. Ce ne peut être qu'une coïncidence. À qui appartient cette paire de chaussures, John ?

— À mon fils...

— Lequel ?

— Trevor.

— La boue est encore humide. Il n'y a donc pas longtemps qu'il a déposé ses chaussures ici...

— Elles n'y étaient pas ce matin, certifia le châtelain. Ni même à midi ! Je les aurais remarquées !

— Soit. Les choses sont claires. Votre fils a marché par inadvertance sur le cadavre de cet oiseau, s'est débarrassé de ses chaussures ici, pour en mettre d'autres, sans doute parce qu'il a remarqué qu'elles étaient sales...

— Ne serait-il pas plus simple de lui poser la question ? suggéra le Dr Twist.

— Bien sûr, fit Kendall avec un haussement d'épaules. John, vous voulez bien le prier de venir ?

Le maître des lieux acquiesça, puis leur demanda de l'attendre. Lorsqu'il revint au bout de quelques minutes, son visage trahissait une vive inquiétude.

— Trevor n'est pas là. Ni son frère. Jasper, notre domestique, les a vus sortir juste avant que nous arrivions. Je n'ai pas vu Deborah non plus...

— Vous avez une lampe de poche ? demanda le Dr Twist.

— Bien sûr. Ici même, dans un des placards.

Peu de temps après, les quatre hommes remontaient l'allée précédés d'un pinceau lumineux. Le vent soufflait de plus en plus violemment, plaquant leur manteau contre leur corps. À intervalles réguliers, des rafales de pluie cinglaient leur visage. D'étranges plaintes montaient de l'océan, puis déferlaient sur la terre ferme.

— Quel tintamarre ! grogna Hurst en tenant fermement son couvre-chef. On dirait un concert de loups !

— Mon Dieu ! gémit sir John. J'espère que Deborah n'est pas sortie !...

— Ah ! voilà enfin cette mouette ! fit Kendall en immobilisant le pinceau de sa lampe sur une masse informe. Regardez... Nous avons eu de la chance de la retrouver. Car avec ce vent, elle ne va pas tarder à s'envoler.

Une aile se soulevait au gré des rafales, comme pour chercher une prise d'air. Mais il était évident que la malheureuse mouette ne volerait plus jamais. Son corps n'était plus qu'une bouillie de chair et de plumes. Elle gisait sur le côté de la route, au creux d'une ornière boueuse. Après examen, il semblait acquis que c'était sur cet oiseau que Trevor avait marché, mais quelle conclusion en tirer ?

De retour au manoir, sir John proposa un cordial à ses hôtes, qui acceptèrent bien volontiers. La cheminée, où brûlait une bonne flambée, ronflait sous les assauts du vent. Kendall exposa son point de vue, d'une manière abrupte, selon son habitude.

— De deux choses l'une. Soit il s'agit d'une coïncidence comme il y a tout lieu de le croire — la combinaison banale de deux événements, que nos esprits perturbés voudraient nous faire prendre pour un signe du ciel ; soit ...

— Le fait est quand même assez rare, objecta le Dr Twist. Bien des saletés s'attachent à nos semelles, mais je ne me souviens pas d'avoir traîné des plumes !

— Alors il faut croire à une nouvelle indication de Mr Markale ! fit Oliver Kendall en levant les bras. Une indication des plus claires, censée nous désigner le mystérieux voleur...

Ayant dit, il se tourna vers sir John, qui secoua la tête :

— Non, ce n'est pas possible... Il ne peut pas m'avoir fait cela... Je me refuse à envisager une telle hypothèse !

— En tout cas, intervint Archibald Hurst, une vérification s'impose. Ce n'est pas une, mais deux affaires importantes qui l'exigent. Nous devons absolument en avoir le cœur net.

— Ce n'est pas possible, il ne peut pas être tombé si bas... Pourquoi aurait-il fait cela ? Il a toujours eu ce qu'il voulait !

Le ton du châtelain ressemblait davantage à une supplique qu'à une affirmation.

— Vous ne savez pas où il pourrait se trouver actuellement ?

— Non... je n'en ai aucune idée. Il devrait être là, tout comme son frère...

— Alors vous nous permettrez d'aller jeter un coup d'œil dans sa chambre, déclara Hurst avec fermeté. Même si cette affaire ne date pas d'hier, nous y trouverons peut-être un indice...

Tous quatre montèrent à l'étage. Au passage, Twist admira en connaisseur les poignards qui décoraient la partie du couloir menant à la chambre du jeune homme. À l'intérieur, tandis que Hurst et Kendall procédaient à une fouille sommaire, sir John lui expliqua que la passion des armes blanches était un héritage de son grand-père, et du reste la seule chose pour laquelle il eût jamais témoigné de l'intérêt. Les deux poignards marocains retinrent l'attention du détective, qui baissa ensuite son regard sur le coffre au pied du panneau.

Hurst l'ouvrit d'un geste rageur, fourragea dans son contenu et grogna :

— De la ferraille, encore de la ferraille ! Décidément, il n'y a que cela, ma parole !

— Si Trevor nous voyait faire, se lamenta sir John, il crierait au sacrilège. Il n'a jamais permis à qui que ce soit d'y toucher !

Intrigué, le Dr Twist rajusta son pince-nez et se pencha par-dessus le coffre.

— Ne trouvez-vous pas cela curieux, Archibald ?

— Quoi ? Qu'il ait tant de couteaux ? Si, bien sûr, mais puisqu'il les collectionne...

— Non. Certains ne sont pas rangés dans leur fourreau. Tenez, celui-ci par exemple... (Il s'empara d'une épaisse gaine de cuir.) Ah, c'est encore plus curieux, il est bourré de papier. Est-ce pour mieux les conserver ?...

— Peut-être comme les chaussures, commenta Hurst en levant un sourcil.

— Non, ce n'est qu'un bouchon. Voyez, je l'ai retiré et... sapristi !

Le fourreau retourné et débouché venait de libérer plusieurs pierres colorées qui tombèrent sur le plancher en rebondissant comme une pluie rutilante.

17

Lorsque les détectives eurent terminé leur inspection du coffre, ils avaient découvert d'autres bijoux cachés dans deux autres épais étuis en cuir, dûment scellés par du papier. Kendall avait identifié une amulette arabe en or signalée dans la liste des bijoux volés au maire de Chartham, et sir John avait reconnu une épingle camée de sa grand-tante, faisant partie des objets qui lui avaient été dérobés. D'autres fourreaux avaient été évidés pour constituer une cavité creuse, et donc servir de cachette, mais ils ne recelaient plus rien, à part quelques lambeaux de papier journal.

Atterré, le maître de maison avait porté les mains au visage.

– C'est incroyable, psalmodia-t-il. Quel garnement infernal ! Décidément, il nous fera boire le calice jusqu'à la lie...

Mais la stupéfaction peinte sur le visage de Kendall était plus grande encore.

– Hurst, dites-moi que je rêve ! Nous venons de retrouver une partie du butin volé... grâce à ce maudit voyant ! Ce n'est pas possible ! Il ne pouvait pas être au courant...

– Je crois qu'il faut se rendre à l'évidence, déclara gravement Hurst. Notre homme dispose de pouvoirs surnaturels, il n'y a plus le moindre doute là-dessus.

S'adressant à Kendall et au châtelain, le Dr Twist demanda :

— D'après vous, personne ne pouvait connaître l'identité du voleur ?

— Pas la police en tout cas ! affirma Kendall. Elle y a perdu son latin !

— Personne dans cette maison ne l'a jamais soupçonné, souligna sir John. Pensez donc, il ne manquait de rien ! Comment imaginer qu'il puisse ainsi un jour nous couvrir de honte ?

— Et si Mr Markale avait mené une enquête préalable sur cette vieille affaire ? C'eût été habile de sa part, car il pouvait s'attendre à ce qu'on profite de sa présence pour le consulter sur cette vieille affaire.

— Il n'a jamais mis les pieds ici à ma connaissance, certifia Kendall. En tout cas, toutes mes félicitations, docteur Twist. Vous avez eu le nez creux ! Je n'aurais pas pensé à chercher dans ces étuis...

— Moi non plus, répondit le détective. Je vous le répète, j'étais simplement intrigué par cette étrange manière de conserver les poignards, jamais vue chez aucun collectionneur d'armes, et Dieu sait si j'en connais ! Mais vraiment, ce Mr Markale commence à m'intriguer sérieusement. Je lui ferai volontiers une petite visite à l'occasion...

— Nous pourrions aller le trouver tout de suite ! fit Kendall en épongeant son front moite. Je sais ce que vous pensez, docteur Twist, mais, croyez-moi, toutes les mesures ont été prises cette fois pour éviter tout risque de supercherie !

— Je sais. Mais ces gens sont très malins...

Le policier de Chartham secoua la tête, avec une profonde expression de lassitude.

— C'est la troisième fois que sir John et moi le

mettons à l'épreuve. Et je ne vois pas ce qu'on peut faire de plus. Sans le prévenir, nous lui avons soumis les plus difficiles énigmes, qu'il a chaque fois résolues grâce à son pendule !

— C'est vrai, admit sir John. Cette histoire des plumes et de la chaussure ne peut être une coïncidence. Mon fils n'est autre que ce mystérieux voleur.

— À ce propos, John, je vais devoir faire mon travail... Nous devons l'interroger au plus tôt et...

Kendall s'interrompit soudain. Sous la pression d'une rafale, une fenêtre de la pièce venait de s'ouvrir avec fracas.

— Quelle bourrasque, mille tonnerres ! gronda l'inspecteur Hurst, surpris comme les autres par le coup de vent. Écoutez, on dirait un géant furieux qui nous hurle sa colère... Mais...

Il dressa l'oreille, regarda brièvement ses compagnons, puis gagna la fenêtre ouverte orientée vers l'océan.

— Ma parole, j'entends crier quelqu'un, s'exclama-t-il. On dirait que ça provient de la falaise... C'est une voix de femme...

— C'est sans doute Deborah, soupira sir John. Je la croyais pourtant guérie... Je vais immédiatement aller la chercher...

— Écoutez ! tonna Hurst. Je crois comprendre ce qu'elle dit... Elle appelle au secours !

— Non, elle appelle Henry, notre fils disparu.

— Non, c'est un appel au secours !

— Oui, vous avez raison ! fit Kendall qui avait gagné la fenêtre à son tour et se penchait par le rebord. Bon sang, on n'y voit goutte, mais je crois qu'elle se rapproche... Elle court, là, regardez... Mon Dieu, on dirait qu'elle a le diable à ses trousses !

Pendant quelques secondes, tous purent percevoir ses appels désespérés :

— *Au secours ! À l'aide !... Venez vite !... Trevor et Philip... Ils sont en train de s'entretuer...*

Les quatre hommes sortirent de la pièce comme des flèches, dévalèrent l'escalier en trombe, et se heurtèrent à une Mrs Leighton échevelée, le visage trempé et à bout de souffle. Elle s'effondra dans les bras de son mari et désigna la direction de la falaise :

— Vite, John, ils vont se massacrer... Je n'ai rien pu faire... Ils vont finir par tomber tous les deux ! Dépêchez-vous, je vous en supplie ! ...

Munis de plusieurs lampes torches, sir John et les détectives prirent la direction indiquée. Lancé comme une locomotive, Hurst trébucha à plusieurs reprises sur le sentier pierreux. À mesure qu'il s'approchait du littoral, il sentait sa charpente corpulente subir les assauts du vent. Il eut comme un creux à l'estomac en découvrant tout à coup à ses pieds la profonde et obscure béance de l'océan, qu'il dominait d'une bonne centaine de mètres. L'écho d'une querelle lui parvint à ce moment, mais il eut du mal à la localiser. Le faisceau de sa lampe fouilla fébrilement les alentours et la ligne des gros rochers qui hérissaient le dos de la falaise.

— Les voilà ! fit soudain la voix de Kendall, plus au nord. Venez vite...

Lorsque Hurst parvint sur les lieux, il ne distingua d'abord qu'une mêlée confuse au bord du précipice. Seul sir John se tenait à l'écart, figé par la frayeur, incapable de faire le moindre mouvement. Kendall et Twist tentaient vainement de séparer les deux frères. L'intervention énergique d'Archibald Hurst fut déterminante. Le plus excité était sans conteste Trevor, mais il capitula dès que Kendall lui eut appris la découverte des bijoux volés. Il ne fit aucune difficulté pour avouer les faits qui lui étaient reprochés.

Les faisceaux convergents des lampes révélèrent ses mains ensanglantées. Son visage, qui l'était aussi, laissait pourtant deviner un sourire narquois :

— Eh bien, je crois que les jeux sont faits maintenant, Philip. Désormais, tu as le champ libre !

*

Il y avait dans le regard de Patrick Markale à la fois de la fierté, un certain étonnement, et une joie intense. Assis à sa table de sapin, il s'entretenait avec les trois détectives depuis plus d'une demi-heure, et semblait goûter chacune de leurs paroles, qui étaient autant d'hommages indirects à sa nouvelle victoire. L'éclairage parcimonieux des deux lampes à pétrole sur le buffet soulignait son front haut, son crâne dégarni et son étrange ravissement, qui aurait pu être celui d'un déséquilibré mental.

L'horloge marquait 23 h 30. Après avoir ramené Trevor au manoir, Kendall avait demandé au vigile de prévenir les autorités et de surveiller le jeune homme. L'homme de garde lui avait également certifié que Markale n'avait pas bougé de chez lui.

— Comment faites-vous ? demanda pour la énième fois le Dr Twist. Est-ce un don de naissance ?

— Tout le monde a des dons, répondit posément Markale, avec un sourire de sphinx. Mais il faut savoir les exploiter. C'est là que réside la clé du mystère, pour prendre une expression qui vous est chère, messieurs les détectives.

— Si je me réfère à la liste impressionnante de

vos prodiges, j'avoue n'avoir jamais rencontré de voyant aussi doué que vous !

— Vous voyez ? Vous admettez implicitement la justesse de notre science.

Twist approuva de la tête, puis retira son pince-nez.

— Je crois que vos confrères travaillent d'ordinaire avec une carte et un pendule, n'est-ce pas ?

— C'est également ma méthode.

— Ah ? J'ai cru comprendre que vous avez eu des visions ? Celles d'un pont, d'un cygne, d'une croix, de plumes...

— C'est exact. Mais quand il s'agissait de cas difficiles, d'affaires vieilles de plusieurs décennies, qui ne dégagent plus qu'un fluide très ténu, je suis obligé de faire appel à des méthodes différentes...

— Lesquelles ?

— Eh bien, pour mieux pouvoir me concentrer, j'utilise un verre rempli d'eau.

— D'eau ? Vous voulez dire de l'eau plate ? s'étonna Hurst.

Avec un sourire vaguement condescendant, Markale répondit :

— Eh oui, de l'eau, rien que de l'eau !... Détrompez-vous, inspecteur, l'eau était au départ un élément beaucoup plus important que vous ne le pensiez... Si elle est devenue aujourd'hui totalement insignifiante aux yeux du commun des mortels, c'est parce qu'il suffit de tourner un robinet ou de manier la manivelle d'un puits pour en obtenir, gestes banals en soi. Nous oublions alors qu'il s'agit de notre bien le plus précieux, sans lequel la vie ne serait pas possible. Par ses océans, ses mers, ses rivières et ses torrents, elle répand la vie sur terre. On a également oublié ses nombreuses vertus, bain de jouvence, élixir de bonne santé, remède universel ou philtre d'amour. En un mot, l'eau est un élément magique, incontournable dans la divination, et cela depuis fort longtemps. Celui qui sait observer sa transparence, être sensible à sa pureté cristalline, et en percevoir les messages, celui-là verra sa vision grandement accrue.

— Eh bien, fit Hurst, désappointé, je n'aurais jamais vu l'eau sous cette forme !

Markale ne put réprimer un sourire méprisant :

— Encore faut-il réussir à lire dans l'invisible et saisir ses messages, ce qui n'est pas à la portée de tout le monde. Cela dit, cette méthode est loin d'être une science exacte, et toujours concluante !

— Pourtant, vous... vous avez réussi chaque fois !

Markale sourit en affectant un air modeste.

— C'est le métier qui rentre, monsieur. Vous devez savoir ce que c'est ! Car, dans votre profession aussi, on gagne en expérience, on devine parfois instinctivement, sans même pouvoir se l'expliquer...

— C'est exact.

— D'ailleurs, je suis assez jeune et j'ai encore beaucoup à apprendre. Je vais même vous faire une confidence, messieurs, car je n'étais pas très optimiste dans le cas Trevor. J'ai dû puiser dans toutes mes réserves mentales pour arracher ces images...

— Des images très symboliques !

— Oui, et très floues ! Ç'a été vraiment difficile. Sir John et Mr Kendall, ici présents, peuvent en témoigner. D'ailleurs je soupçonne même ce dernier d'avoir volontairement augmenté la difficulté pour me prendre en défaut, n'est-ce pas ?

Kendall voulut répondre, mais Hurst le devança :

— Seriez-vous prêt à renouveler l'expérience ?

Markale leva la main, avec une condescendance amusée.

— Laissez-moi quand même quelques jours de

repos. Vous ne vous rendez pas compte combien ces expériences sont épuisantes : elles exigent un violent effort mental. D'habitude, après une victoire, je me retire un certain temps. Car il ne faut pas abuser de son talent. Mais, actuellement, j'avoue être en grande forme...

— Y aurait-il une raison particulière à cela ? demanda Hurst, l'air patelin.

— Que voulez-vous dire ?

— Auriez-vous fait une heureuse découverte ces temps-ci ?

— Je ne vous suis pas.

— Alors, je poserai ma question différemment : pourquoi êtes-vous venu vous installer à Chartham ?

Le voyant eut un sourire mystérieux.

— Disons que je suis là pour des raisons professionnelles...

— Votre science serait donc une profession ?

— Oui, dans la mesure où je la pratique à temps plein.

— De quoi vivez-vous ?

— Des généreuses gratifications offertes par mes clients satisfaits, inspecteur. Je peux même vous dire que certains de vos éminents confrères se comptent parmi eux.

— Je vois, grinça Hurst. Mais vous n'avez pas vraiment répondu à ma question.

— Y suis-je obligé ?

— Parlons plus clairement. Lors de votre arrivée à Chartham, il y a près de deux mois, vous avez demandé à plusieurs personnes si elles pouvaient vous indiquer l'endroit où se trouvait la source de Sibyl. Or, nous n'ignorons rien de la légende qui y est rattachée...

— Si vous êtes si bien renseigné, pourquoi me posez-vous la question ?

— Pour savoir si vous l'avez trouvée ! tonna Archibald Hurst en frappant du poing la vieille table.

Il y eut un long et pesant silence. Markale semblait peu à peu prendre conscience de sa position de force et semblait s'en réjouir.

— Je préfère ne pas répondre à cette question, inspecteur, finit-il par lâcher.

— Les faits tendraient plutôt à prouver que oui ! s'énerva Kendall.

— Je le sais bien. Et c'est précisément pour cela que je préfère me taire.

— Alors, j'aimerais vous demander une faveur, Markale.

— Je vous écoute.

— Ayez la bonté de rassurer Ruth, ma femme. Elle est très bizarre, je dirais même très angoissée depuis que vous lui avez prédit un grand malheur...

Le voyant blêmit à ces mots, comme sous l'effet de la colère. Il répondit avec une sécheresse de ton inhabituelle.

— Mais alors, vous n'avez toujours rien compris ! Ce n'est pas moi qui fixe les événements à venir ! Je ne suis qu'un simple voyant, un scribe de l'avenir, ni plus ni moins !

— Mais alors...

— Oui, il m'est impossible de changer le cours des choses. Ce n'est pas en mon pouvoir, ni en celui de quiconque ! Ce qui est écrit, *est écrit* !

— Mais, sacrebleu, dites-nous au moins sur quoi vous vous êtes fondé pour annoncer ce mauvais présage ?

Des rides de contrariété creusaient le front du voyant.

— Je n'ai pas pour habitude de révéler mes sources, mais je veux bien faire une exception cette fois-ci. Sachez d'abord que, d'emblée, j'avais senti une menace peser sur elle. Quant au reste, je préfère vous prévenir, cela va vous sembler dérisoire, mais il est des cas de figures qui n'autorisent pas le doute. Nombre de mes prédécesseurs me l'ont enseigné. Ainsi, si l'on aperçoit un bout de fil près d'une fontaine ou d'un puits, il faut le ramasser et l'enrouler sans tarder. On dit que, parfois, le fil s'allonge et permet la réalisation d'un peloton merveilleux, d'où sort une fée qui, ravie de pouvoir s'extraire de sa geôle invisible, garantit son libérateur d'un événement heureux et imminent... (La voix de Markale baissa d'un ton :) Par contre, si la personne qui l'a ramassé a négligé de l'enrouler, et de libérer ainsi la fée... elle peut s'attendre à un grand malheur. Or, le jour de notre rencontre, c'est ce qu'avait fait votre femme. Il y avait un bout de ficelle sur le pas de votre porte, juste à côté du puits. Elle l'a ramassé et l'a aussitôt jeté dans...

Sa phrase fut interrompue à ce moment : quelqu'un frappa vigoureusement à la porte. Jensen, le jeune policier chargé de la surveillance de Trevor, fit irruption dans la pièce. La mine défaite, il s'adressa à son chef en bredouillant :

— Le jeune Leighton vient de prendre la fuite. Il a sauté dans la voiture de son père et a démarré en trombe !

18

Le lendemain soir, à l'auberge du *Cygne Blanc*, l'inspecteur Archibald Hurst et le Dr Twist faisaient le point devant les appétissantes côtelettes de mouton que venait de leur servir Betty Sawyer.

– Exquise, commenta le Dr Twist, qui avait entamé son repas avec un bel appétit.

– Vous parlez de votre côtelette ou de la patronne ? plaisanta l'inspecteur de Scotland Yard.

– Des deux ! Vous savez, Archibald, je ne suis pas encore assez vieux pour être insensible au charme féminin ! Mrs Sawyer est ravissante, et ma foi très sympathique, ce qui ne gâte rien.

– Vous avez raison. Et l'on comprend que le brave Jo ait un œil sur elle. Vous avez vu comme il la surveille ? À ce propos, il paraît que sa jalousie fut une des premières « visions » de Markale. Un peu facile, celle-là, non ?

– Cela, oui. Mais le reste ? En l'espace d'une quinzaine de jours, ce type-là a élucidé coup sur coup deux vieilles affaires inexpliquées ! Et je ne parle pas du butin volé retrouvé sous le pont, ni de ses autres réussites...

Hurst considéra un instant son plat, puis l'écarta en soupirant.

— Je crois que Kendall commence à baisser les bras. Et ma foi, je le comprends. Pourtant, je peux vous dire qu'il était un des plus tenaces au Yard...

— Et vous, que pensez-vous de notre extralucide ? s'enquit Twist, qui louchait sur le plat de son ami après voir achevé le sien.

Hurst ramena en arrière la mèche qui venait de tomber sur son front.

— Il est très fort, c'est certain, grommela-t-il. Malgré tout, je me refuse à croire à ses dons supranormaux.

— Vous êtes sceptique de nature, n'est-ce pas ?

— Reconnaissez que, jusqu'à présent, dans nos nombreuses collaborations, nous avons toujours fini par démasquer les fraudeurs de l'occultisme ou autres malfrats essayant de maquiller leurs méfaits en interventions de l'au-delà...

— C'est exact. Bien que dans certains cas subsistent des zones d'ombre. Mais enfin, il y a les faits. Markale nous a mis sur la voie de cet ancien voleur aussi sûrement que s'il l'avait désigné du doigt. D'ailleurs, Trevor a avoué aussitôt...

— Il pouvait difficilement faire autrement ! L'ennui, c'est qu'il a réussi à nous filer entre les doigts ! Et où diable est-il, à l'heure qu'il est ?

— C'est vers midi, n'est-ce pas, que les policiers ont retrouvé la voiture de son père, les clés sur le tableau de bord, près de la gare d'Exeter ?

— Oui, mais de lui, pas la moindre trace. Personne ne l'a vu. Il a dû arriver très tôt le matin. Bien entendu, Kendall a interrogé les employés du chemin de fer, mais sans résultat. Il y avait trop de monde sur les quais lors du départ du premier express pour Londres. Trevor peut très bien avoir pris le train, comme il peut être resté sur place.

— Une ruse peut-être, afin de pouvoir revenir sur ses pas ?

— Kendall ne l'exclut pas, et le jeune Philip le redoute fort. Mais je vous en prie, Twist, n'hésitez pas, prenez ma côtelette. Je n'ai plus faim, cette histoire m'a coupé l'appétit. J'ai été bien naïf de croire qu'il s'agissait d'une simple formalité... Pensez donc, nous sommes ici depuis à peine quarante-huit heures, et nous avons déjà procédé à une arrestation, suivie aussitôt d'une fuite, et sans parler du reste !

— À vrai dire, je m'en doutais un peu, Archibald. J'avais du mal à croire, en effet, que votre patron fasse appel à vous pour une affaire banale. Il connaît trop bien votre valeur...

— Pourquoi ne m'avoir rien dit alors ?

— Parce que je ne voulais pas entacher votre optimisme. Vous étiez de si bonne humeur ! (Une lueur de malice brilla dans le pince-nez du détective, qui avait échangé son assiette contre celle de son compagnon.) Et puis, j'avoue que l'idée d'une petite intrigue dans un cadre champêtre n'était pas pour me déplaire. J'adore la détente, mais un rien de distraction intellectuelle pimente délicieusement votre séjour !

— Eh bien là, nous sommes servis ! C'est un plat gratiné qui nous a été offert ! Du reste, cela semble vous avoir ouvert l'appétit !

— En effet. Vous connaissez d'ailleurs mon point de vue. La matière cérébrale dépense plus de calories que les muscles.

— J'en déduis que vous n'allez pas manquer de commander un dessert !

— Bien sûr que non ! Bouder cette excellente tourte aux pommes que j'ai aperçue derrière le comptoir serait faire un affront à notre charmante patronne, qui ne le mérite pas. Mais, pour en revenir à notre affaire, Archibald, quel est votre plan de campagne ?

Le policier se pencha en avant et un air de ruse passa dans les yeux plissés.

— J'ai ma petite idée pour coincer notre mage local. Mais avant cela, un petit brin de causette avec les habitants de *Old Hall* pourrait être utile. Il ne faut pas perdre de vue que Trevor Leighton court toujours...

*

La colère qui, la veille, ravageait les traits de Philip, alors qu'on venait de le séparer de son frère, ne s'était toujours pas éteinte. Mais, à présent, elle s'était nuancée de crainte. Un pli soucieux barrait le front du jeune homme, enfoncé dans un fauteuil du salon, un œil masqué par une mèche blonde. De multiples contusions marquaient son visage, et sa main droite était bandée. À la demande des deux détectives, il retraçait les circonstances dramatiques de la veille.

— J'approuve rarement ses décisions, mais, hier soir, pour une fois, j'étais d'accord avec lui : l'un de nous deux était de trop ! Il m'avait poussé à bout, sachant que je ne supporterais pas plus longtemps ses odieuses allusions à propos de Sandra.

— Qu'il avait convoitée uniquement pour vous tourmenter, d'après ce que j'ai compris, souligna le Dr Twist.

Le jeune homme serra les poings.

— Oui, c'était ignoble. Mais de sa part, une telle conduite ne m'étonne pas. Il a toujours joué avec les sentiments des autres. Cependant, je crois qu'il a fini par tomber amoureux lui aussi, enfin si je puis m'exprimer ainsi. C'était surtout l'idée qu'elle puisse me choisir qui a dû lui paraître insupportable ! De mon côté, j'avoue que jamais je n'avais nourri un tel ressentiment à son endroit. Bref, la confrontation était inévitable. Lorsque nous avons commencé à nous battre, c'est comme des années de colère contenue qui se libéraient. Pour moi comme pour lui, la haine nous portait et nous ignorions le monde qui nous entourait, le danger de la falaise, le vent qui hurlait à nos oreilles... Mère est alors intervenue... Elle a vainement essayé de nous séparer, criait, pleurait, mais nous ne l'entendions pas... Il a fallu votre intervention, messieurs, et je ne puis que vous en remercier, car elle était venue à temps, je sentais mes forces décroître dangereusement...

– Oui, approuva Hurst. Trevor était sur le point de vous projeter dans le vide. Je serais tenté de dire qu'à présent tout cela n'est plus qu'un mauvais souvenir, mais votre frère court toujours, et il n'est pas exclu qu'il cherche à se venger...

– Je n'en suis que trop conscient.

– En attendant, il doit comme vous panser ses blessures. Mais où ? N'avez-vous vraiment aucune idée de l'endroit où il pourrait s'être réfugié ?

– Non. Je ne connais aucun de ses amis. Nous n'avons pas les mêmes fréquentations...

Hurst, qui avait sorti un calepin pour prendre des notes, le rangea dans sa poche. Après un silence, il demanda :

– Que pensez-vous de Mr Markale ?

Philip se frotta la joue avec sa main bandée en faisant la grimace.

– Je ne le connais guère. J'ai dû le croiser une ou deux fois, c'est tout.

– Ses pouvoirs semblent étonnants, n'est-ce pas ?

– Oui, c'est le moins qu'on puisse dire. Mais à sa place, je me méfierais.

— Pourquoi cela ?

— C'est grâce à lui que Trevor a été arrêté, non ? Cela ne m'étonnerait pas qu'il cherche également à se venger de lui.

Twist, qui semblait perdu dans la contemplation d'un tableau, se tourna vers le jeune homme en retirant son pince-nez.

— Votre père m'a dit que c'est vous-même qui avez choisi ces toiles.

— En effet.

— C'est audacieux, mais réussi.

Un sourire anima les traits de Philip Leighton.

— Oui, c'est ce que pensent la plupart des gens. Sauf Trevor, bien sûr, qui rêve depuis longtemps de les réduire en lambeaux à grands coups de poignard !

— Vous le considérez vraiment comme quelqu'un de très dangereux ?

— N'en a-t-il pas donné plusieurs fois la preuve ?

Twist marqua une pause avant de demander :

— Le soupçonniez-vous d'être ce mystérieux voleur à l'époque des événements ?

— Non. J'étais en pension au lycée. Cependant, rétrospectivement, certains détails me paraissent révélateurs. J'avais un jour incidemment ouvert son coffre. Il avait piqué une colère noire, totalement démesurée... Et cela était également arrivé à ma mère...

— Quel choc pour elle !

— Oui, admit Philip, le regard sombre. Mais finalement, elle a mieux réagi que je ne le craignais. D'ailleurs, je trouve qu'elle va beaucoup mieux ces temps-ci...

*

N'ayant jamais rencontré Mrs Deborah Leighton dans le passé, il ne fut pas possible aux détectives de juger de l'optimisme de son fils. Ils venaient de rejoindre la maîtresse de maison dans le jardin d'hiver. Le vent sifflait autour de l'édifice, la mer faisait entendre sa rumeur sourde, mais, curieusement, la pièce largement vitrée offrait une impression de sécurité, peut-être à cause de la profusion de plantes vertes. Il y eut cependant un moment d'inquiétude lorsque Archibald déposa ses cent vingt kilos dans un fauteuil en osier, qui émit un couinement de protestation.

La châtelaine évoqua la soirée tragique posément, en taisant l'angoisse qui avait été la sienne.

— Par chance, je les ai vus quitter le manoir par la porte de service. Les voir partir ensemble, cela m'a paru si peu naturel que j'ai voulu en avoir le cœur net. Le temps d'enfiler un manteau, et je suis sortie à mon tour. Mais il faisait si noir que j'ai eu du mal à retrouver leurs traces... C'est presque instinctivement que je me suis dirigée vers le bord de la falaise, peut-être parce que je craignais le pire... Je ne me trompais pas. Mon Dieu, quel choc de les voir se battre comme des chiffonniers ! Allais-je perdre un second fils, en ces mêmes lieux maudits ? Si ce n'est les deux, car ils risquaient de tomber dans la même étreinte ! J'ai crié, hurlé, je les ai même tirés par les cheveux ! Mais pas moyen de leur faire entendre raison ! Heureusement que je n'ai pas insisté et que je suis aussitôt allée chercher de l'aide. Vous connaissez la suite...

L'inspecteur Hurst et son ami acquiescèrent en silence. À l'instar de Philip, leur hôtesse leur avoua qu'elle n'avait aucune idée de l'endroit où pouvait se cacher Trevor. Peut-être avait-il trouvé refuge chez quelque mauvaise relation ?

— Nous le retrouverons rapidement, déclara

d'un ton rassurant l'inspecteur Hurst. Surtout s'il est resté dans le secteur.

Une profonde inquiétude voila le regard de la châtelaine.

– Il risque une peine de prison, n'est-ce pas ?

– Oui, c'est à craindre, madame...

– Mais je préfère encore cela que de le perdre. Je sais que c'est un bon à rien, mais c'est mon fils. (Elle poussa un profond soupir, puis ajouta :) Toutefois, à quelque chose malheur est bon...

– Que voulez-vous dire ? s'enquit le policier.

Elle détourna le regard, hésitante.

– Normalement, j'aurais dû prévoir ces événements dramatiques...

– Les vols ? Ou ce duel singulier ?

– Les deux. Ce qui n'a pas été le cas, ni pour l'un, ni pour l'autre. Je n'ai d'ailleurs plus prédit d'événements malheureux depuis la mort d'Henry. C'est d'ailleurs assez normal car depuis lors, je me suis employée à ne plus penser à rien, et encore moins à quelqu'un...

En termes assez confus, Deborah Leighton expliqua aux visiteurs les terribles remords qui avaient rongé les dernières années de sa vie.

– Je sais que c'est difficile pour vous, qui n'êtes pas de la région, de croire à ces choses... Mais je me suis longtemps sentie responsable de sa mort. C'était comme si je l'avais précipité moi-même du haut des falaises. Mon Dieu ! je connaissais pourtant cette vieille légende ! Je n'aurais jamais dû boire l'eau de cette source ! Nous en avions même ri, le soir, en famille !

Le Dr Twist dit d'une voix lénifiante :

– Je crois, madame, que notre responsabilité se limite en général à nos actes. Le reste s'appelle fatalité ou destin ... Et nous n'y pouvons rien.

— Je le sais bien. Mais il m'a fallu du temps pour m'en rendre compte.

— Si j'ai bien compris, c'est depuis les interventions de Mr Markale que vous vous sentez mieux ?

Deborah hocha gravement la tête.

— Oui. Il a dû trouver la source de Sibyl.

— Qu'est-ce qui vous fait croire cela ?

— Ses visions. Qui aurait pu imaginer, par exemple, que Trevor fût ce mystérieux voleur ? Ou que Sam Tyler ait pu tuer sa femme à coups de hache ? Tout doué qu'il est, Mr Markale a dû s'abreuver à cette source magique pour être en mesure de percer ces mystères. De plus, je sais pertinemment qu'il était à sa recherche, puisqu'il était venu me voir peu de temps après son arrivée à Chartham.

— Pour vous demander l'emplacement de la source ? questionna un peu sèchement Hurst.

— Oui. J'étais censée être la personne la mieux placée pour la localiser.

— Et... que lui avez-vous répondu ?

— Pas grand-chose. Je n'avais qu'un souvenir très approximatif de l'endroit où je l'avais vue. Mais apparemment cela lui suffisait. Il n'est plus revenu me voir.

— Et vous pensez ne plus pouvoir la localiser maintenant ? la pressa Hurst, avec une note d'espoir dans la voix.

Deborah Leighton secoua la tête.

— J'avais déjà réessayé, mais sans succès. D'ailleurs, c'est assez logique, puisque cette source n'apparaît qu'occasionnellement. De toute manière, je n'ai plus envie de la revoir, et encore moins de boire son eau !

— Bien sûr, approuva Hurst. Et qui sait, grâce à votre volonté peu commune, vous avez peut-être conjuré le mauvais sort, et évité bien des malheurs autour de vous !

— J'ai fait ce que j'ai cru être mon devoir, répondit-elle en baissant la tête.

— Au fait, il paraît qu'en découvrant cette source vous aviez également aperçu une jeune fille ?

Deborah Leighton soupira, embarrassée.

— Oui, c'est ce qu'il m'a semblé, mais cette vision a été si brève que je ne pourrais en jurer. C'était peut-être une simple passante effrayée par mon approche...

— Vous n'avez donc pas vu son visage ?

— Non, vraiment... elle était trop loin.

— C'est important, car elle pourrait être la sirène de la légende !

— Cela m'étonnerait, car la personne que j'ai entrevue me semblait très jeune. Or, la sirène Sibyl, depuis le temps, devrait avoir un certain âge...

Le Dr Twist intervint en souriant :

— Pas forcément. Les sirènes ne sont pas immortelles, mais elles ne vieillissent que très lentement, puisqu'on s'accorde à dire qu'elles atteignent l'âge de 9 620 ans !

Hurst, qui redoutait comme la peste les digressions érudites de son ami, conclut brièvement :

— En somme, si l'on s'en tient à la légende dans son intégralité, on peut dire que, d'une certaine manière, vous avez eu de la chance. Car le devin fraîchement initié finissait toujours par périr sous les coups vengeurs de la population, n'est-ce pas ?

— Oui, c'est ce qui se raconte. À vrai dire, je ne m'en souciais guère, étant si désespérée. Je crois d'ailleurs avoir payé assez chèrement cette gorgée d'eau fraîche.

— Sans doute, madame, approuva Hurst. Il y a tout lieu de penser que vous, désormais, êtes hors de danger. Mais j'ai bien peur qu'il n'en soit pas de même pour Mr Markale qui, tout clairvoyant qu'il est, semble avoir oublié cet aspect essentiel de la malédiction : ayant trouvé cette source magique, il court lui-même, à plus ou moins long terme, un danger mortel !

19

Après avoir pris congé des Leighton, les détectives décidèrent d'aller prendre des nouvelles de Kendall. Sa femme leur apprit qu'il n'était pas encore de retour et leur proposa de l'attendre.

Lorsque Hurst la questionna sur Markale, elle manifesta un embarras évident. Tandis qu'elle évoquait les circonstances dans lesquelles elle avait fait sa connaissance, sa voix trahissait une inquiétude croissante, et elle prononçait avec peine le nom du voyant.

– Ainsi, il était très heureux d'avoir acquis cette vieille table, commenta le Dr Twist, songeur.

– Oui. Il m'a même donné plus que ce que nous en demandions.

– Elle est en sapin, n'est-ce pas ?

– En effet, elle n'avait aucune valeur marchande.

– Cependant, elle correspond parfaitement à l'usage qu'il lui réserve, c'est-à-dire un support idéal pour rendre ses oracles, pourrait-on dire ?

– Oui, bredouilla Ruth.

– Il y a des sapins dans les bois, n'est-ce pas ? Si cela se trouve, elle a peut-être été taillée dans ceux qui entourent la source magique ?

– Je ne saurais vous le dire. Nous avons toujours eu cette table à la maison, d'aussi loin que je m'en souvienne. Elle devait même appartenir à mes grands-parents.

— Vous ne doutez pas des pouvoirs de Mr Markale, n'est-ce pas ?

La maîtresse de maison déglutit.

— Comment le pourrait-on, à présent ?

— Votre mari, lui, en a longtemps douté.

Un sourire timide chassa les tourments de Ruth.

— Oliver est très terre à terre. Il n'est d'ailleurs pas de la région. Avant de venir ici, nous avons longtemps vécu à Londres, mais vous le savez bien, inspecteur Hurst. Nous sommes dans le même pays, mais pas dans le même univers...

— Oui, en effet, marmonna le policier. D'ailleurs cette enquête commence à prendre une tournure insolite...

Le regard tourné vers la commode où trônait une série de livres reliés cuir, le Dr Twist s'exclama en rajustant son pince-nez :

— Tiens ! N'est-ce pas là *Les Mémoires* de Saint-Simon ? Une des premières traductions, si je ne m'abuse... Vous permettez que j'y jette un œil ?

— Bien sûr, je vous en prie... Vous êtes amateur de livres anciens, Mr Twist ?

— Oui. De plus, l'Histoire et le mystère sont mon violon d'Ingres. Or, *Les Mémoires* de Saint-Simon évoquent quelques affaires étonnantes...

— Alors vous serez sans doute ravi de visiter la bibliothèque de mon père !

Les paroles de Mrs Kendall avaient été spontanées, mais elle semblait déjà les regretter en introduisant les deux hommes dans la petite pièce. Cependant, il eût été difficile de retenir le Dr Twist, extasié comme s'il venait de découvrir la caverne d'Ali Baba.

— Incroyable ! Il y a là plusieurs pièces de choix, qui feraient le bonheur de bien des collectionneurs. Le fameux *Livre des Monstres*, les *Entretiens sur les sciences secrètes* de l'abbé Montfaucon de Villars, *Les esprits élémentaires* de Karl Grün, *La Sorcellerie en France* de Jules Garinet... Il est surprenant que votre mari ne nous en ait pas parlé !

Mrs Kendall haussa les épaules.

— Oliver est très cartésien. Pour lui, il ne s'agit que d'un tas de foutaises, qu'il aurait volontiers vendues à un brocanteur !

Au bout d'un moment, Archibald Hurst émit plusieurs raclements de gorge éloquents pour signifier son impatience. S'arrachant comme à regret de son inspection, le Dr Twist soupira :

— Il y a tant de choses passionnantes...

— Et il y a aussi notre enquête, commenta Hurst d'une voix acide.

— Docteur Twist, puis-je vous poser une question ? demanda soudain Ruth qui, hésitante, se tenait dans un coin de la pièce.

— Bien sûr, madame.

— C'est à propos de Sandra... je suis très inquiète pour elle ces derniers temps. Oliver aussi, mais il n'est pas très psychologue sur ces questions-là.

Ruth évoqua longuement le cas de sa fille adoptive, son étrange comportement et sa réticence à pénétrer dans cette pièce. Lorsqu'elle eut terminé, le Dr Twist s'exclama, admiratif :

— Mais vous avez agi en véritable détective ! Vos fines observations et vos déductions quant à ses longues heures de lecture dans cette pièce sont remarquables !

— Je ne suis pas très fière de moi, mais je voulais en avoir le cœur net. Ensuite, je me suis demandé si...

— Oui ? demanda Twist en regardant par-dessus son pince-nez.

Ruth Kendall considéra l'ensemble de la bibliothèque, la série de masques grimaçants, puis baissa la tête.

— ... si certaines de ces lectures avaient pu avoir une influence sur son comportement...

— Les livres, en effet, peuvent avoir un grand pouvoir de suggestion, parfois bien plus qu'on ne l'imagine.

Ruth se tordit nerveusement les mains.

— Mon Dieu, alors je ne sais plus que penser !

— Toutefois, un esprit sain sait faire la part des choses. Si vous me disiez plus précisément ce qui vous inquiète chez elle, Mrs Kendall ?

— Eh bien... Ses relations avec les frères Leighton.

— Oui, je suis au courant. Votre mari et sir John nous en ont déjà parlé.

— Je l'entends souvent pleurer dans sa chambre...

— N'est-ce pas normal, à cet âge ? Elle n'est pas encore sûre de ses sentiments, et souffre de ne pouvoir prendre une décision à propos de deux garçons qui semblent l'un et l'autre très épris d'elle.

— Elle doit être malheureuse ! Si vous l'aviez connue plus jeune... Elle était une enfant adorable, toujours pleine de vie. C'était un bonheur de la voir, de l'entendre chanter pour manifester sa joie... Puis un beau jour, tout cela a cessé...

L'air sombre et réfléchi, Hurst intervint :

— Ce comportement singulier ne coïnciderait-il pas avec l'arrivée au village de Mr Markale ?

— Mr Markale ? répéta leur hôtesse, les yeux rivés sur les rayonnages. S'il vous plaît, ne parlez plus de cet homme devant moi ! Chaque fois qu'il me regarde, il me donne froid dans le dos et...

Elle laissa sa phrase en suspens, une voix féminine venait de l'appeler. Tous passèrent dans le salon, où Mrs Kendall présenta Sandra à ses hôtes.

En saluant la jeune fille aux longs cheveux blonds et aux magnifiques yeux pers, Twist comprit mieux la rivalité sans merci qui opposait les frères Leighton. Il y avait quelque chose de lascif et de mystérieux chez Sandra Kendall, qui ne pouvait laisser le sexe fort indifférent. Twist sut gré à la maîtresse de maison de se retirer, afin de les laisser en tête à tête avec la jeune fille.

Hurst la questionna essentiellement sur le devin, à propos duquel elle ne put apporter aucun éclaircissement. Elle manifesta un intérêt plus vif lorsqu'il fut question des fils de sir John.

— Oui, ça a été pour moi une sacrée surprise d'apprendre que Trevor avait fait ça. Et avoir commis un vol chez lui, de surcroît !

— Ça, c'était peut-être simplement une manière de vouloir détourner les soupçons, commenta Hurst d'un ton professionnel.

Sandra haussa les épaules.

— En tout cas, je peux vous certifier qu'il n'est pas aussi mauvais qu'on le croit. Son cynisme cache peut-être un cœur sensible. Il doit souffrir au fond de lui-même...

— C'est possible, dit Hurst, mais les faits n'en demeurent pas moins. Et à l'heure actuelle, il court toujours. Nous redoutons qu'il revienne pour se venger de son frère !

Les larmes montèrent aux yeux de la jeune fille.

— Ils ne se sont jamais entendus... Ils sont tellement différents l'un de l'autre.

— Vous les connaissez bien tous les deux, n'est-ce pas ?

— Oui...

— Ne prenez pas notre question pour de l'indiscrétion, mais nous aimerions savoir dans quelle mesure vous êtes liée à eux, et avec lequel précisément. Vous comprenez, Philip Leighton n'est pas la seule personne à qui il pourrait en vouloir...

Sandra ouvrit de grands yeux étonnés :

— Vous voulez dire... à moi aussi ?

— C'est bien possible, d'autant qu'il n'a plus rien à perdre. C'est un être traqué désormais. Il pourrait être dangereux !

— Peut-être, mais pas avec moi. Il ne me ferait jamais de mal...

— Laissez-nous être juges de cela... Mais vous n'avez pas répondu à ma question, insista le policier. Lequel des deux a trouvé grâce à vos yeux ?

Après une profonde inspiration, Sandra répondit :

— Je n'ai d'engagement ni envers l'un ni envers l'autre.

— Ne jouez pas sur les mots, mademoiselle.

Le regard subitement lointain, elle répliqua :

— Ce sont des amis, des flirts occasionnels, rien de plus. Je leur ai d'ailleurs clairement fait comprendre qu'il n'y aurait jamais rien de sérieux entre nous.

Le ton froid et tranchant de la jeune fille surprit les deux détectives. L'entretien prit fin sur ces entrefaites, Kendall venant de rentrer. La présence de Sandra, ainsi que celle de sa femme venue l'accueillir, sembla le contrarier, car il proposa à ses compagnons d'aller à l'auberge pour leur offrir un verre.

— Du neuf ? s'enquit Hurst après que son confrère s'en fut revenu du bar avec trois *ales* mousseuses.

— Non, toujours rien. Aucune trace de notre gaillard. Son signalement a été diffusé partout. Il aura du mal à quitter le pays si telle est son intention. Autrement, il ne pourra pas se cacher très longtemps. Et de votre côté ?

— Eh bien, nous avons fait une découverte assez extraordinaire, Kendall, dit le Dr Twist, souriant. Et cela, dans votre propre maison !

Les traits du policier se rembrunirent.

— Vraiment, vous m'intriguez...

— Votre remarquable bibliothèque, votre femme nous l'a fait visiter. Si un jour vous décidez de la vendre, prévenez-moi !

— J'ai bien peur que Ruth n'y consente jamais. Les souvenirs de famille sont pour elle des choses sacrées...

— Et elle est très superstitieuse, n'est-ce pas ?

Kendall hocha la tête, puis répondit après un long moment de réflexion :

— Elle est aussi très croyante...

— Que voulez-vous dire, Kendall ? On dirait que cela vous surprend !

— Non, mais j'ai appris quelque chose de singulier, hier soir, en croisant notre Révérend. Ce qu'il m'a confié m'a franchement étonné. Il est vrai qu'il est assez âgé et que sa vue a baissé... mais il semblait assez sûr de lui.

— Il aurait surpris votre femme en train de faire les troncs de l'église ! plaisanta Hurst, qui regretta aussitôt sa maladresse. (Écarlate et confus, il ajouta très vite :) Excusez-moi, Kendall, cela m'a échappé. Avec toutes ces histoires, on finit par voir des voleurs partout !

Sans s'être formalisé le moins du monde – ce qui surprit un peu les deux détectives –, leur compagnon leur déclara, songeur et perplexe :

— On ne peut pas parler de vol, mais elle a bien pris quelque chose avec elle, dans un récipient, qu'elle cachait sous son manteau...

— De quoi diable s'agit-il ?

— D'eau bénite. Selon le Révérend, le bénitier était vide après son passage.

– Diable ! s'exclama le Dr Twist, qui venait de sortir de sa poche son matériel de fumeur de pipe. J'avoue que cela me dépasse.

– Moi aussi, admit Kendall. Lorsque j'ai interrogé Ruth, elle s'est récriée, prétendant que notre Révérend aurait eu une hallucination. C'est possible, mais j'ai quand même des doutes. J'ai eu l'impression qu'elle me cachait quelque chose, et ce n'est du reste pas la première fois.

Kendall passa nerveusement la main dans sa chevelure rousse.

– Mais cela est sans rapport avec notre affaire.

– Oui, approuva Hurst. Outre la disparition du jeune Leighton, il reste le problème de notre voyant...

Kendall secoua la tête avec une profonde expression de lassitude.

– À présent, je ne sais plus que penser...

– Auriez-vous fini par croire à ses dons ?

– Peut-être bien.

– Eh bien moi, non ! tonna l'inspecteur Hurst en posant fermement sa chope de bière sur la table. J'ai même l'intention de le mettre une nouvelle fois à contribution. Nous en avons parlé tout à l'heure avec sir John juste avant de venir chez vous. Il s'est souvenu d'un autre événement singulier, qui n'avait pas trouvé de réponse. Un mystérieux incendie, survenu dans une ferme des environs il y a trois ans. L'origine criminelle avait été établie, mais le coupable jamais identifié...

– Oui, c'était la ferme des Tasker, je m'en souviens bien. J'avais également enquêté sur cette affaire.

– Notez bien que je ne mets pas vos capacités en doute, Kendall. Mais à présent, c'est nous qui allons mener les débats. Twist et moi-même avons une certaine expérience de ce genre de fraudeurs, et savons comment éviter leurs pièges et leurs ruses, qui se réduisent parfois à d'infimes détails, non décelables par le profane.

D'un geste rassurant et protecteur, Hurst posa sa main velue sur le bras de son confrère.

— Ayez confiance, Kendall. Laissez-nous faire et vous verrez que ce gredin ne s'en tirera pas cette fois-ci, foi d'Archibald !

20

14 août

Les trois détectives se rendirent chez Patrick Markale le lendemain en fin de matinée. Le soleil brillait haut dans le ciel, dorant les rues et les toitures de Chartham, qui semblait renaître après les tristes journées précédentes. Le voyant avait tiré les rideaux du salon, mais le jour filtrait à travers les interstices. Des faisceaux célestes se glissaient dans la pénombre, débusquant la poussière en suspension et soulignant d'une aura lumineuse les silhouettes des occupants.

En écoutant la requête de l'inspecteur Hurst, Patrick Markale avait rappelé qu'il ne garantissait aucun résultat, mais qu'il se sentait parfaitement confiant.

– Je dois avouer que je traverse une période particulièrement faste ces temps-ci. Vous avez donc tout à fait raison de profiter de mes services, et c'est pour moi un plaisir et un honneur de pouvoir aider la justice.

Tendu et le visage congestionné, Hurst ne lâchait pas le voyant d'une miette, à l'affût de la moindre faille dans son attitude. Markale avait déjà préparé sur la table un grand verre et une bouteille d'eau.

Lentement, il versa le contenu de la bouteille dans le verre, comme le ferait un hôte servant un vin de grand cru à un invité de marque.

Comme pris d'un soupçon, Hurst fronça légèrement les sourcils.

— Cette eau, demanda-t-il, quelle est sa provenance ?

Seul le silence lui répondit.

Il réitéra sa question en haussant le ton, et ajouta aussitôt :

— Ne serait-ce pas par hasard l'eau de la fameuse source ?

Le visage hermétique, concentré, Markale dit d'une voix atone :

— Je ne puis vous répondre. Mais si vous voulez la goûter, libre à vous. C'est une eau de bonne qualité...

Hurst déclina l'offre d'un geste de refus catégorique, et déclara :

— Avant de vous exposer notre problème, j'aimerais revenir sur un point, Mr Markale. Un point d'une extrême importance, auquel je vous demanderai de bien réfléchir avant de répondre...

— Je vous écoute.

— Avez-vous oui ou non découvert la source de Sibyl ?

Le sourire de Markale se nuança d'ironie.

— Il me semble avoir déjà répondu à cette question, inspecteur.

— En effet, mais sans vraiment y répondre.

— Alors je vous demanderai de vous contenter de ce que j'ai dit.

Hurst regarda fixement son vis-à-vis.

— Est-ce votre dernier mot ? Permettez-moi d'insister, et de vous rappeler, au besoin, un détail important de la légende, ou plutôt de cette vieille histoire, car elle doit bien s'appuyer sur des faits réels pour avoir traversé ainsi les siècles. Savez-vous comment finissent ceux qui, ayant bu l'eau de la source, ont acquis le don de voyance ? Ils seront un jour lynchés, lapidés par la foule en colère !

Les derniers mots du policier avaient été si appuyés que Markale avait esquissé un mouvement de recul.

— Est-ce une menace, inspecteur ?

— Non, rien qu'une mise en garde.

— Alors, je vous remercie et j'en prends bonne note. Du reste, puisque je cours un si grand danger, je me demande bien si je vais tenter cette nouvelle expérience...

Kendall, qui dominait à grand-peine son exaspération, objecta :

— Là, il ne s'agit pas de prédiction, mais de la résolution d'un mystère, ce n'est pas la même chose !

Le voyant regarda tour à tour les trois visiteurs, puis eut un hochement de tête approbateur.

— Ne vous inquiétez pas, je vais faire mon possible, comme je vous l'ai promis. Mais je vous prierai dorénavant de ne plus m'importuner avec ces questions d'ordre privé. Cela me perturbe et ne fera qu'augmenter les risques d'échec.

— Ah, c'est dommage, fit le Dr Twist, regardant malicieusement par-dessus son pince-nez. Je voulais justement vous poser une question à propos de vos études...

— Mes études ?

— Oui, j'ai lu quelque part que vous avez obtenu un doctorat de lettres au *Magdalen College* à Oxford...

— Oui, et alors ? s'enquit le voyant, méfiant.

— Une vingtaine d'années nous sépare, mais il n'est pas impossible que nous ayons eu le même professeur de grec et de latin. Il était assez jeune à l'époque. Nous l'appelions pourtant le vieil Horace, alors que son vrai nom était Millerton. Cela vous dit-il quelque chose ?

– Millerton... oui, en effet. Je l'ai eu pendant deux ans.

– Un personnage très pittoresque, n'est-ce pas ? Il avait la manie d'illustrer chacune de ses démonstrations avec une anecdote mythologique, et cela avec force gestes, ce qui provoquait chaque fois d'inextinguibles fous rires...

Markale acquiesça, mais avec un froncement de sourcils.

– En effet, je me souviens. Mais pourquoi me parlez-vous de lui, docteur Twist ?

Le détective haussa les épaules.

– C'était une simple question que je m'étais posée. Évidemment, à mon âge, ces vieux souvenirs revêtent une tout autre importance et...

– Twist, fit Hurst d'une voix sourde, est-ce vraiment le moment de discuter de ça ? Vous aurez toujours le loisir d'y revenir après. (Il posa fermement sa main sur la carte de la région déployée sur la table, puis se tourna vers son hôte.) Bien. Markale, vous êtes prêt ?

– Je vous écoute, répondit le voyant en portant ses mains au front pour mieux se concentrer.

– Il s'agit d'un nouveau problème resté sans réponse. Les faits se sont déroulés à Chartham il y a trois ans...

Le policier sortit son calepin, sur lequel il avait noté les souvenirs de Kendall et de sir John. D'un revers de manche, il épongea son front moite, semblant vivre son récit :

– Il faisait très chaud cet été-là. Dans une ferme des environs, à deux miles d'ici, une grange contenant des récoltes et des outils agricoles prit feu vers midi. Lorsque les secours arrivèrent, il ne restait plus grand-chose. C'était une perte sévère pour son propriétaire, un certain Jack Tasker, qui était heureusement bien assuré. Un peu plus au sud, il y avait deux autres fermes, tenues respectivement par Gibson et Bacon. Tous deux jalousaient Tasker qui, bien que nouvellement installé dans la région, obtenait de meilleures récoltes. L'un d'eux avait-il mis le feu à la grange de son voisin pour se venger ? À moins que l'incendiaire fût Tasker lui-même pour toucher la prime d'assurance ? Voilà les questions que se posa la police, car elle avait pu prouver l'origine criminelle de l'incendie, ayant découvert des traces d'hydrocarbure suspectes sur les lieux du sinistre. On trouva même un briquet, sans doute celui de l'incendiaire, mais il disparut au cours de l'enquête. Étourderie de l'agent qui en avait la garde, ou audacieuse manœuvre de récupération du pyromane se voyant confondu par cet indice ? Là encore, on n'a aucune certitude...

Il y eut un silence, au terme duquel Markale secoua la tête, les yeux fermés.

– Il me faudrait davantage de détails. Que pouvez-vous me dire sur les trois suspects, par exemple ?

– Voyons... Gibson a deux filles, qui travaillent à la ferme comme des hommes. Ayant sans doute peur de les perdre, il veille jalousement sur elles. Elles ont toutes deux la trentaine et ne sont toujours pas mariées. Bacon, qui employait des journaliers, a la réputation d'un bon vivant, qui s'entend avec presque tout le monde, excepté avec Tasker. Lui, c'est un type entreprenant, qui a pris beaucoup de risques pour agrandir sa ferme. Familialement, il n'a pas eu de chance, ayant perdu coup sur coup sa femme et son fils. Il n'y a rien à ajouter sur son compte, à part sa rivalité avec ses deux voisins. C'est à peu près tout ce que je peux vous dire...

Markale secoua plusieurs fois la tête, perplexe, puis demanda à Hurst de localier les trois fermes sur la carte. Cela fait, il fit osciller son pendule sur la zone désignée.

— Je ne sens rien, maugréa-t-il à voix basse. Il me faudrait un objet, quelque chose... (Son regard croisant celui de Kendall, il demanda :) C'est vous, inspecteur, qui vous étiez occupé de l'affaire ?

Méfiant en diable, le policier se contenta d'acquiescer.

— Alors je vous prierai de poser votre main sur la carte, à l'endroit qui vous semblera le plus opportun. Appuyez fermement et, dans la mesure du possible, essayez de vous concentrer...

Kendall regarda Hurst, comme pour avoir son aval — à quoi l'inspecteur du Yard répondit par un hochement de tête — puis étendit sa main, la posa sur la carte avec d'infinies précautions, comme s'il s'attendait à toucher un objet brûlant. Satisfait, Markale s'absorba dans la contemplation du verre d'eau. Ses yeux demeuraient absolument fixes, tandis que ses paupières s'abaissaient lentement. Au bout de quelque temps, il se redressa, ouvrit grand les yeux et regarda droit devant lui.

— J'ai vu une boule, une grande boule jaune, ainsi qu'un char, près d'une barrière à claire-voie...

— Un char ? répéta Hurst avec véhémence. Quel genre de char ? Un char d'assaut ?

Markale eut un geste de dénégation.

— Non, je crois que c'était un char ancien, tiré par des chevaux... Ce n'est pas très net, car j'étais ébloui par la boule de feu... Il s'agit peut-être d'une simple charrette...

21

Malgré leur insistance, les trois détectives ne purent obtenir d'autres informations. Dès qu'ils eurent pris congé, ils allèrent trouver le policier chargé de la surveillance du devin pour lui demander de redoubler de vigilance. Arguant de l'approche de midi, Twist proposa à ses compagnons de prendre une petite collation à l'auberge, où ils pourraient établir leur plan de campagne.

L'éminent détective commandait un second sandwich alors que Hurst n'avait pas encore touché au sien. La mèche en bataille, les doigts pianotant sur la table, l'inspecteur du Yard maugréa :

— À mon avis, cette boule lumineuse ne peut signifier que deux choses. Soit il s'agit du soleil, soit de l'incendie lui-même.

— Raisonnement judicieux, approuva Twist entre deux bouchées. Je partage votre point de vue sans réserve. Qu'en pensez-vous, Kendall ?

Tout comme son collègue londonien, le policier de Chartham semblait en proie à une grande agitation. Se caressant nerveusement le menton, il répondit :

— Oui, sans doute, car je ne vois rien dans la

région qui évoque une boule de feu. Il doit s'agir du symbole de l'incendie.

– Et pour la charrette et la barrière à claire-voie ?

– Là, je prends les choses au premier degré. Il doit y avoir quelque part dans les environs une charrette à côté d'une palissade. À moins que vous ayez une autre idée ?

– Non, dit Twist en faisant signe à Betty Sawyer, affairée derrière le comptoir. Je crois en effet que notre premier objectif doit être cette charrette. Mais c'est assurément vous, Kendall, qui êtes le mieux placé pour la retrouver...

– Oui, j'essaye justement de rassembler mes souvenirs. Bon sang, une charrette, c'est tellement banal que cela ne se remarque même plus !

– Ah, Mrs Sawyer, s'exclama Twist lorsque la patronne vint à la table, auriez-vous encore de cette succulente tourte aux pommes que vous nous avez servie l'autre fois ?

La jeune patronne du *Cygne Blanc* acquiesça avec un charmant sourire :

– Oui, vous avez de la chance, j'en ai préparé ce matin. (Elle se tourna vers ses compagnons :) Ces messieurs en prennent aussi ?

Kendall et Hurst, plongés dans leurs réflexions, firent non de la tête.

Comme pour excuser ses compagnons, Twist haussa les épaules et dit d'un air désolé :

– Alors, vous n'en apporterez que trois parts...

– Mais...

Twist s'éclaircit la gorge.

– Hum... je suis sûr qu'ils changeront d'avis entre-temps.

Lorsque Betty se fut éloignée, Kendall, agité de tics nerveux, réfléchit à haute voix :

– Non, rien ne me vient à l'esprit pour le moment. Il faudrait faire un tour pour se rendre compte. Pour les barrières à claire-voie, je ne vois guère que quelques maisons en bordure du village, et les fermes des environs...

— Dont celles de nos trois suspects ? demanda Hurst.

— Oui, il faudra vérifier, car je n'ai plus tous les détails en tête. Il y a également une ou deux exploitations abandonnées alentour...

— Alors, commençons par le village, trancha Hurst. Il ne nous faudra pas plus d'une demi-heure pour en faire le tour. Après quoi, nous jetterons un coup d'œil sur les fermes alentour. Une clôture en bois et une charrette sont choses courantes, mais l'une à côté de l'autre, ça l'est moins. Je pense que l'endroit ne devrait pas être trop difficile à repérer...

— Si nous suivons la bonne piste !

— Pourquoi diable êtes-vous toujours aussi pessimiste, Archibald ? constata Twist qui voyait avec ravissement Betty s'approcher, un plateau à la main.

Lorsque, cinq minutes plus tard, les trois tourtes aux pommes furent englouties par le détective, les trois hommes quittèrent l'auberge.

À pied, ils firent le tour de Chartham, mais sans trouver ce qu'ils cherchaient. Ils aperçurent bien deux attelages, mais sans palissade. Le Dr Twist ne semblait nullement déçu. S'adonnant aux joies de la promenade, il goûtait le charme champêtre de l'endroit.

— J'ai confiance, dit-il.

— Dans les pouvoirs de Markale ? grommela Hurst, qui transpirait à grosses gouttes dans son complet de serge bleue.

— Si vous voulez. Je suis sûr que nous finirons par trouver notre « char ». Mais je pense qu'il va falloir aller dans la campagne...

Peu de temps après, au volant de sa conduite intérieure, Kendall les menait à la ferme de Tasker, située au sud-est du village, dans un léger vallon. Ils s'arrêtèrent peu avant l'habitation principale, près d'une écurie flanquée d'un enclos. C'était le seul endroit pourvu d'une palissade. Mais on n'y voyait pas de charrette.

Chez les Gibson, leurs recherches furent également vaines, ainsi que chez les Bacon. Une heure s'était écoulée. Sous l'accablant soleil au zénith, Hurst et Kendall semblaient plus que leur compagnon souffrir de la chaleur, et donnaient de réels signes d'impatience. Ils visitèrent ensuite une ferme abandonnée, puis une seconde, non loin de la propriété de Tasker.

Or là, près d'une barrière, il y avait bel et bien une vieille charrette, à moitié effondrée parce qu'il lui manquait une roue. La palissade à claire-voie n'était pas dans un meilleur état. Elle bordait la maison à l'ouest, à côté d'un puits. Au fond de l'enclos, en passant entre deux piliers en pierre, on accédait à un potager. On devinait sur le sol les restes de la porte de séparation.

Après un rapide tour d'horizon, Hurst alluma un cigare, comme soulagé.

– Quelque chose me dit que nous sommes sur la bonne piste...

– Moi aussi, approuva Kendall, qui furetait partout comme un limier sur la trace du gibier. Mais j'ai l'impression qu'il va nous falloir de l'aide...

– Oui, surtout si nous ne savons pas exactement ce que nous cherchons, grogna Hurst. Il faudra même un certain temps pour passer le coin au peigne fin. De combien d'hommes disposez-vous, Kendall ?

– Je ne sais pas. Peut-être une demi-douzaine. Il va falloir que je passe un coup de fil au poste. Vous m'attendez ici, messieurs ? Je crois qu'il est préférable que quelqu'un reste dans les parages.

— Oui, approuva le Dr Twist, qui s'était installé sur la margelle du puits pour sonder sa profondeur.

Intrigué, Kendall demanda :

— Auriez-vous déjà trouvé quelque chose ?

— Non, j'essaye d'y puiser mon inspiration. Car il va nous falloir beaucoup de flair pour trouver, ici, un indice dont nous ne savons rien. À moins que... (Twist leva la tête)... le roi du jour ne vienne nous éclairer !

— Mais vous ne croyez pas si bien dire ! déclara Hurst en se redressant à son tour. Après la charrette et la barrière... cette éblouissante « boule de feu » là-haut pourrait bien être notre troisième indication ! Mais, bon sang, comment l'interpréter ?

Kendall partit sur ces entrefaites. Lorsqu'il revint une heure plus tard, suivi par deux voitures de police, les deux détectives londoniens n'avaient découvert ni la mystérieuse boule de feu, ni le moindre objet digne d'intérêt. Pendant ce temps, Hurst n'avait cessé de maudire l'astre doré, le poing levé, le menaçant de toutes les calamités si la providence ne les mettait pas sur la voie.

Le puits occupa la plupart des agents, qui, prévenus par Kendall, avaient emporté une échelle de corde. Lorsque au bout de deux heures, il s'avéra qu'il ne recelait rien de particulier en son fond, Twist fit remarquer à ses compagnons :

— Alors, nous avons au moins appris une chose. C'est qu'il ne s'agit pas de l'eau de la source magique... sans quoi, nous y aurions déjà vu clair !

Hurst, qui n'avait pas ménagé ses efforts après avoir fureté alentour, déclara non sans jubilation :

— Eh bien moi, je commence à voir très clair, au contraire. Notre devin de carnaval vient de connaître son premier échec !

— Pensez-vous que nous devons cesser les recherches ? demanda Kendall qui, le visage luisant de sueur, s'était dépensé autant que son collègue.

— Non, allons jusqu'au bout. Ainsi, il ne pourra pas nous accuser de négligence ! Mais mille tonnerres, je crois que nous avons désormais démontré la limite de son action. Je ne vous fais aucun reproche, Kendall, notez bien, mais je suis sûr qu'il vous a berné les fois précédentes !

— Je ne vois vraiment pas comment !

— Grâce à d'habiles paroles, et sans même que vous ne vous en rendiez compte, il a réussi à vous soutirer des informations...

— Mais quelles informations ! Puisque personne ne savait rien !

— Admettons. Mais reconnaissez que notre mage vient de se casser les dents. À l'évidence, il n'y a rien ici qui se rapporte à l'affaire, si ce n'est cette charrette et cette barrière en piètre état, qui ne signifient pas grand-chose en soi. Ni cygne blanc, ni plumes, ni chaussures qui étaient des indices évidents.

— À propos du cygne blanc, intervint le Dr Twist, j'ai une question à vous poser.

— Oui, fit nerveusement Kendall, qui n'avait visiblement guère apprécié les commentaires de son collègue londonien.

— Vous aviez trouvé cette statuette dans le jardin, juste au-dessus de l'endroit où le criminel avait enterré les victimes, n'est-ce pas ?

— Disons à deux ou trois mètres près.

— Et le jardin était envahi par les mauvaises herbes...

— Oui, et il l'est toujours d'ailleurs. Excepté cet endroit, bien entendu.

— Et sous la statuette du cygne, y avait-il de l'herbe ou de la terre ?

Oliver Kendall resta interdit quelques instants avant de répondre :

— Je comprends votre question. Cet objet était-il là depuis longtemps ou avait-il été déposé récemment exprès, n'est-ce pas ?

— Question primordiale, vous en conviendrez.

— Évidemment. Mais vraiment, je ne sais plus... Après les aveux de Sam Tyler, je n'ai plus songé à vérifier, ni personne d'autre, apparemment. Il faudra éventuellement poser la question à sir John. Cela m'étonnerait qu'il ait noté ce détail, mais on ne sait...

Kendall ne termina pas sa phrase. Son attention venait d'être attirée par un des policiers, qui semblait étrangement affairé au bas d'un des piliers.

— Vous avez trouvé quelque chose, Sullivan ? demanda-t-il à son subordonné.

— Oui, on dirait. C'était coincé dans le creux du pilier, dans le logement du gond du portail. Le tout est tombé dès que j'y ai touché. Il y a des débris de poterie qui, assemblés, ressemblent à un soleil...

— Un soleil ?

— Oui, vous savez, ces soleils décoratifs en terre cuite. Oui, c'est bien ça... Venez donc et dites-moi ce que vous en pensez.

Les trois détectives ne se firent pas prier. En un clin d'œil, ils avaient rejoint le jeune policier. Pour tous, il était clair que les débris assemblés représentaient l'astre du jour.

Désignant un briquet à moitié enfoui sous les gravats, Kendall s'écria :

— Et ça, Sullivan, c'était aussi dans le creux du poteau ?

— Oui, mais ce n'est qu'un vieux briquet...

— Bon sang de bon sang ! tonna l'inspecteur en s'en emparant.

Sa surprise parut plus grande encore lorsqu'il l'eut examiné. Il bredouilla :

— Je ne pourrais pas en jurer sous serment, mais ce pourrait bien être celui qui avait été jadis trouvé près de la grange sinistrée !

— Et que l'incendiaire avait réussi à récupérer ! commenta Hurst d'une voix acide.

— Oui, je crois bien que c'est le même...

Twist examina l'objet à son tour. Lorsqu'il l'eut redonné à Kendall, il déclara :

— C'est à peine visible, mais il y a des initiales sous le socle.

Kendall le reprit et s'exclama au bout d'un moment :

— Oui, vous avez raison. C'est en effet peu visible, à cause des motifs de décoration, mais indiscutable après examen. On lit bien *J.T.*

— J.T. comme Jack Tasker ! s'écria Hurst avec un claquement de doigts.

22

Il était près de minuit lorsque Oliver Kendall rentra chez lui, méconnaissable. Les cheveux en bataille, la mine défaite, des yeux exprimant divers sentiments, allant de la colère à la lassitude, il ressemblait à un guerrier vaincu au terme d'un âpre combat.

Ruth, qui l'attendait, ne manqua pas d'être frappée par cet état fort inhabituel chez son mari. Allant au-devant de lui, elle s'écria :

— Mon chéri, que se passe-t-il ?

— Il a réussi une fois de plus, mais ce n'est pas tout... Nous avons aussi eu un petit accrochage.

— Mon Dieu, je ne t'ai jamais vu ainsi ! Tu as déjà mangé ?

— Non, je n'ai pas faim. Mais je meurs de soif. Sers-moi un verre de sherry, si tu veux bien. Ou plutôt, un scotch, un double...

Une fois installé dans son fauteuil, Kendall consentit à se confier. Il retraça ses investigations dans la ferme abandonnée, puis la découverte du briquet qui les avait amenés chez Tasker.

— Le pauvre Jack, soupira Kendall, avec une compassion rétrospective. Il avait l'air coupable dès notre arrivée. Quand il a su que nous avons suivi sa piste grâce aux visions du devin, il est devenu blanc comme un linge. L'inspecteur Hurst n'a eu aucun mal à lui faire cracher le morceau. Il lui a suffi de hausser la voix pour que le malheureux Jack Tasker avoue. C'était lui qui avait jadis allumé sa propre grange, pour toucher la prime d'assurance. Grâce à des factures, il avait fait croire qu'elle contenait des marchandises, qu'il avait déjà vendues auparavant. Sa situation était loin d'être aussi florissante qu'il ne le prétendait. La perte de sa famille avait non seulement été un drame familial, mais aussi financier. Seul, sans l'aide de sa femme et de son fils, il n'arrivait plus à venir à bout de son exploitation, même en se tuant à la tâche. J'espère que la justice sera clémente...

— Ce briquet, c'est donc bien le sien ? demanda Ruth.

— Oui.

— Et il avait réussi à le récupérer après le sinistre ?

Kendall posa son verre vide et haussa les épaules.

— Il a prétendu que non, mais ça m'étonnerait. Il a également commencé par affirmer qu'il ne lui appartenait pas, et il a fallu qu'on lui montre ses initiales pour le faire changer d'avis. C'est le vieux sergent Charley qui l'avait trouvé derrière un buisson près de la grange. L'incendie venait à peine d'être maîtrisé, et il y régnait encore une certaine agitation. J'imagine que Charley a dû le poser quelque part, et que Jack l'a vu faire.

— Et il l'aurait caché dans le creux de ce poteau ?

— Et pourquoi pas ? Là ou ailleurs, quelle différence ?

— Moi, je l'aurais plutôt jeté dans le puits !

— C'est ce que tout le monde a pensé, figure-toi. Mais nous nous sommes fourvoyés. Cette cachette n'était donc pas si mauvaise que ça... Et enfin, sans l'intervention de Markale, personne n'aurait jamais eu l'idée de fouiner par là. Sauf un gamin, peut-être, en jouant. Mais qu'en aurait-il conclu ?

Dans le silence qui suivit, Ruth observa son mari à la dérobée.

— Alors, tu as fini par admettre ? demanda-t-elle d'une voix timide.

Kendall avait posé un regard vindicatif sur la bouteille de whisky.

— Oui... comment faire autrement ? Ce type-là a un don, c'est certain. Un don dont lui-même ne doit pas connaître l'origine. Car, personnellement, je le tiens pour un parfait imbécile, et je ne me suis pas gêné de le lui dire. Après avoir confondu Tasker, nous sommes retournés chez Markale pour lui annoncer la nouvelle. L'inspecteur Hurst était lui aussi passablement à cran. Devant Tasker, il avait feint de tenir le devin en haute estime, mais après les aveux du coupable, il était aussi anéanti que moi. Toutes les précautions qu'il avait prises pour coincer le voyant avaient été nulles. Bien au contraire, celui-ci venait d'apporter l'ultime preuve de ses pouvoirs supranormaux. Et Markale n'a pas eu le triomphe modeste : il plastronnait, parlait de ses projets, d'un éventuel poste fixe que pourraient lui confier les autorités, vu les services exceptionnels qu'il rendait à la société... Bref, la moutarde commençait à nous monter au nez. Hurst est revenu sur la question de la source mystérieuse, mais l'autre, une nouvelle fois, n'a pas daigné répondre. Là, j'ai commencé à m'énerver, et je lui ai dit de but en blanc qu'il serait bien inspiré de quitter Chartham dans les plus brefs délais. C'était non seulement un vœu personnel, mais aussi celui de l'ensemble du village. Le ton a monté. Il jouait les offusqués, s'étonnait qu'on manifeste ainsi sa reconnaissance, après tous les services qu'il nous avait rendus.

Les yeux perdus dans le vague, Ruth demanda après un silence :

— Alors, toi aussi tu souhaiterais qu'il s'en aille ?

— Oui, ma chérie, je le souhaite sincèrement.

— Pourquoi ?

Kendall serra les mâchoires pour contenir sa fureur.

— Pourquoi ? Je ne sais pas... Peut-être parce que tout va de travers depuis que ce type-là est à Chartham ! Ses visions ? Ses éclaircissements ? Nous étions aussi heureux avant. Et même toi, Ruth, tu n'es plus la même... depuis qu'il t'a fait cette prédiction ridicule. D'ailleurs, je le lui ai clairement fait comprendre : s'il devait t'arriver quoi que ce soit, je le tiendrai personnellement pour responsable, et je rendrai justice à ma manière, sans m'embarrasser des lois de ce pays !

Ruth ouvrit grand les yeux, murmurant :

— Oliver, je ne te connaissais pas ainsi...

— Moi non plus. Il a alors eu cet horripilant petit sourire narquois. Au comble de la fureur, j'étais à deux doigts de le lui faire ravaler. Heureusement que Hurst et son ami étaient là. Sans eux, je ne sais pas comment se serait terminée cette entrevue...

D'une voix très posée, qui surprit son mari, Ruth Kendall déclara :

— Tu n'as plus aucune raison de t'inquiéter, mon chéri. Markale partira bientôt...

*

La journée du lendemain fut tout aussi clémente que la veille. Il n'y avait guère de vent, ce qui était fort rare à Chartham. L'air était parfaitement transparent, et du haut des falaises, on avait une vue très lointaine sur l'océan. En milieu d'après-midi, installée dans son jardin d'hiver, Deborah profitait de l'instant présent avec le sentiment croissant de renaître après une longue nuit. L'étau de la peur s'était desserré enfin... Elle était redevenue une personne normale, libre de penser et de parler comme elle le souhaitait. À présent, les choses lui semblaient beaucoup plus claires, même si la réalité se montrait cruelle. Elle ne nourrissait plus guère d'espoir pour son fils Henry.

Il devait sans doute reposer l'âme en paix, songea-t-elle. Et c'était peut-être mieux ainsi. Il n'aurait pas à affronter le combat de la vie, pour lequel chacun ne disposait pas des mêmes armes. À sa manière, Trevor était également un faible, mais il avait fait preuve de courage en choisissant la fuite. Malgré sa situation très précaire, Deborah avait confiance. Il reviendrait un jour et saurait trouver sa voie. Ses démêlés avec la justice ne seraient qu'une épreuve passagère, qui lui forgerait son caractère. Du reste, John était allé trouver les victimes de ses larcins pour les dédommager. Jouissant de l'estime générale, son mari pensait pouvoir les amener à retirer leur plainte. Quant à Philip, sa ligne était pour ainsi dire tracée. Cet enfant ne lui avait jamais posé problème, et rien ne lui donnait à penser qu'il en serait autrement.

Il y avait évidemment la personnalité de Sandra, qui n'avait fait que creuser le fossé entre les deux frères. Deborah reprochait à la jeune fille son comportement hésitant et instable, mais ne lui en voulait pas. Sandra devait souffrir elle-même de ses incertitudes. C'était une enfant perturbée, un peu comme elle.

Le grincement de la porte de la véranda précéda l'arrivée de Philip, qui s'installa dans un siège à côté de sa mère.

— Tu ne profites pas du beau temps ? demanda-t-elle.

— Je reviens juste d'une promenade.

— Seul ?

— Non. J'étais avec Sandra.

— Tout va bien ?

— Je crois. Nous avons longuement parlé... Elle ne sait plus où elle en est et veut encore réfléchir, mais j'ai confiance. Vois-tu, maman, j'ai l'impression que tout va s'arranger, que nous allons bientôt apercevoir l'issue de ce long tunnel obscur...

— J'étais justement en train de me faire la même réflexion. C'est peut-être le beau temps qui nous rend optimistes ? sourit Deborah.

— Peut-être, en effet. Mais il paraît que ça ne va pas durer. On annonce un orage pour cette nuit.

— Alors, il faut en profiter pendant qu'il est temps.

— Il y a encore une autre ombre au tableau, dont je voulais justement te parler.

— À propos de Trevor ?

— Oui.

Deborah prit une profonde inspiration et dit d'une voix changée :

— Il n'est pas là actuellement. Cela devrait plutôt te réjouir...

Regardant pensivement sa main bandée, Philip répondit :

— Le problème, c'est qu'il risque de revenir. J'ai croisé les détectives de Londres tout à l'heure. L'inspecteur Hurst m'a recommandé une nouvelle fois de me tenir sur mes gardes.

— Philip, s'il te plaît, ne me parle plus de cette histoire. Cette querelle me déchire, et tu le sais !

— Le problème n'en demeure pas moins.

— Si ton frère manque encore de maturité, toi, tu devrais te montrer plus raisonnable, lui donner l'exemple. Quelle idée, aussi, d'avoir accepté ce défi ? Venant de ta part, j'ai vraiment du mal à comprendre. J'ai bien cru que mon cœur allait me manquer lorsque je vous ai vus tous les deux en train de vous battre au bord de la falaise !

— L'un de nous est de trop.

— Vous avez même été à deux doigts de partir tous les deux !

— Ce que je voulais te dire, maman, c'est que s'il revient et qu'il embête encore Sandra, je ne répondrai plus de moi !

*

Le Dr Twist et Archibald Hurst longeaient le sentier qui traversait les bois. Sous la frondaison des chênes et des sapins, qui tempérait l'ardeur des rayons du soleil, ils goûtaient le calme environnant qui contrastait avec les pénibles événements de la veille. Malgré la sérénité des lieux, Hurst ne cessait de décocher des regards furtifs autour de lui.

— Vous savez, Archibald, dit paisiblement le Dr Twist, je n'apprécie rien tant que ces belles balades. Cela me détend tout en me stimulant l'esprit. Pour la réflexion, je ne connais rien de meilleur que la marche.

— Je le sais bien, Twist. C'est d'ailleurs pour cela que je vous ai proposé cette promenade.

— Est-ce bien l'unique raison, mon ami ? Mon petit doigt me dit que vous aimeriez, vous aussi, retrouver la fameuse source magique !

— Eh bien, oui, je serais curieux de voir à quoi elle ressemble !

— En tout cas, vous seriez bien inspiré de ne pas boire son eau !

Hurst fronça les sourcils :

— Dites donc, Twist, je ne vous savais pas si superstitieux !

L'éminent détective secoua la tête comme pour se moquer de lui-même.

– Après notre cuisant échec d'hier, que dire ? Notre froide logique a été bafouée par les faits !

– Pourtant, grogna Hurst, j'étais sûr de mon affaire. Je croyais avoir pris toutes les précautions pour le confondre ! Cette affaire est un véritable défi à la science. Ah ! nous avions l'air malin, tous les deux, nous les spécialistes venus de la capitale pour démasquer l'imposteur !

– Au moins, nous n'avons pas perdu notre sang-froid. Ce n'est déjà pas si mal...

– Vous faites allusion à Kendall, je suppose ? Bon sang, si je ne l'avais pas retenu hier soir, il aurait fini par lui sauter à la figure ! Il lui en veut terriblement, et cela sans doute depuis le début. Je l'avais senti venir. Le confondre est devenu pour lui une affaire personnelle, et c'est aussi le moyen le plus sûr de se fourvoyer. C'est pour cela que je tenais à prendre personnellement les rênes en main. Hélas ! sans plus de succès ! Hier, en découvrant ce briquet et ce « soleil », j'ai eu comme un choc. Je l'ai immédiatement su que Markale avait vu juste une fois de plus. Ensuite, faire passer Tasker aux aveux n'était plus qu'un jeu d'enfant. Mais mille tonnerres, comment a-t-il pu faire pour « voir » cela ? Cette charrette près de la barrière ? Et ce « soleil », qui touchait cet indice déterminant ? Il ne peut pas y avoir le moindre truc là-dedans, c'est *impossible* !

Hurst avait parlé si fort que l'écho des bois renvoya plusieurs fois ce dernier mot, comme pour mieux le défier. Puis il y eut un silence, pendant lequel un écureuil passa furtivement sa tête derrière un arbre. Avant qu'il ne disparaisse, les promeneurs eurent juste le temps de surprendre ses yeux vifs.

Hurst haussa les épaules, puis reprit sa diatribe :

— Bon sang de bon sang, Twist ! Ce serait donc le premier échec de notre carrière ! Je n'ose pas y croire ! C'est peut-être pour cette raison que, malgré les faits, je me refuse à l'admettre !

— Pour ne rien vous cacher, moi aussi, Archibald.

— Mais alors, vous n'avez aucune hypothèse ?

— Si, bien sûr, quelques idées çà et là, mais sans lien entre elles. Juste quelques observations bizarres. Je croyais avoir une piste, et j'ai plus ou moins prévenu Markale, mais il n'a pas réagi. Il a continué d'annoncer ses visions comme si de rien n'était.

— De quoi parlez-vous, Twist ?

— De mon allusion à notre professeur de lettres commun, et de ses anecdotes mythologiques. Le détail de la chaussure et des plumes m'y a fait penser...

— Je ne vous suis pas...

— C'était le symbole évident des sandales d'Hermès, qui, pourvues d'ailes, lui permettaient de voler. Dans les deux sens du terme, puisque ce cher Hermès était aussi le dieu des voleurs. Hier, nous avons eu droit à un char et une boule de feu, c'est-à-dire Hélios apparaissant dans le ciel de l'antiquité, ou son fils Phaéton jouant les apprentis sorciers...

— Et qu'en concluez-vous ?

— Rien, justement. La personnalité de Mr Markale m'échappe complètement. Tantôt, je le trouve un peu naïf, tantôt très habile...

— Alors, fit Hurst en jetant un regard circulaire dans les bois, ce pourrait être une bonne chose de tomber sur cette source ! Nous y trouverions peut-être notre salut !

— Oui, mais pas celui de notre âme.

Comme il disait ces mots, la forêt entière parut ébranlée par un profond coup de tonnerre.

— Bon sang ! grommela le policier en levant la tête. Faisons demi-tour ! Ça se couvre, là-haut !

23

Malgré cet avertissement, l'orage n'éclata pas immédiatement. Les nuages menaçants changèrent de direction, comme pour éviter Chartham. Il n'y eut pas de second coup de tonnerre jusqu'à la tombée de la nuit. Mais l'air restait chargé d'électricité.

À *Old Hall*, seul sir John paraissait détendu. Installé dans le salon, il lisait le journal. Deborah, assis sur une bergère près de la fenêtre, attendait anxieusement l'arrivée de l'orage. Elle sursauta lorsque la porte s'ouvrit brusquement sur Philip, pâle et le regard inquiet.

— J'ai vu quelqu'un dehors..., bredouilla-t-il.

— Un des policiers, peut-être ? suggéra le châtelain, toujours plongé dans sa lecture.

— Non, les policiers ne marchent pas furtivement.

— Alors qui ?

— Je ne sais pas. J'étais à la fenêtre de ma chambre, et il m'a semblé que quelqu'un regardait en direction du manoir...

— Il t'a semblé ? dit sir John en posant son journal.

— J'ai juste vu une ombre, qui venait du village.

Elle s'est rapidement esquivée, m'ayant sans doute aperçu. Ce pourrait être lui...

– Trevor ?

– Oui.

– Venant du village et avec cet orage qui menace ? Ce n'est ni le chemin le plus discret, ni le meilleur moment. Qu'en penses-tu, Deborah ?

L'interpellée poussa un profond soupir :

– Moi, j'aimerais bien qu'il revienne.

Philip regarda tour à tour son père et sa mère, puis dit d'une voix sourde :

– Et moi, je ne le lui conseille pas !

– Si tu es inquiet, reste ici, suggéra sir John en reprenant son quotidien.

Tandis que le jeune homme hésitait sur le pas de la porte, Deborah se leva et sortit du salon sans dire un mot.

Une vive désapprobation se lisait sur le visage du châtelain, qui ne fit cependant pas de commentaire. Philip serra les poings, puis quitta la pièce à son tour. La porte claqua derrière lui, puis un grondement sourd ébranla le manoir.

Sandra s'était mise au lit de bonne heure après avoir fermé les volets de sa chambre. Les nerfs à vif, elle fut incapable de trouver le sommeil. Tout son corps lui disait d'agir, de se lancer dans une direction, quelle qu'elle soit, de tenter l'aventure, tête baissée, car tout valait mieux que cette passivité maladive, qui l'avait toujours empêchée de prendre la moindre décision. Elle ne supportait plus sa maison, ni aucun de ses occupants. Même sa mère, dont les étranges agissements lui faisaient à présent douter de son équilibre mental. Quant à Philip, elle ne savait plus où elle en était. Elle avait longtemps été amoureuse de lui, mais quelque chose avait changé ces temps-ci. Cette froide rancœur qu'il nourrissait contre son frère la mettait mal à l'aise. Même quand il n'était pas là, Trevor demeurait présent au milieu d'eux. Lui aussi haïssait son frère, mais ne lui en parlait jamais...

Un coup de tonnerre coupa le fil de ses pensées. Elle sursauta en entendant un martèlement sourd contre ses volets. Était-ce la foudre qui venait de tomber dans les environs ? L'instant d'après, quelqu'un l'appela. C'était une voix qu'elle connaissait bien.

Sans hésiter, elle se leva et ouvrit fenêtre et volets.

— Trevor ! murmura-t-elle, émue, en voyant le jeune homme devant elle. Mais tu es fou de venir ici !

— Je sais. Mais il fallait que je te voie...

— Mais où étais-tu donc pendant tout ce temps ?

— Chez un ami.

— La police te recherche partout !

— Je sais bien. Mais l'important... c'est que tu saches que je t'aime.

Un éclair illumina le ciel, figeant le visage du jeune homme l'espace d'un instant.

Ce n'était pas la première fois qu'il lui avait dit ces mots, mais jamais avec tant de ferveur.

— J'ai eu le temps de réfléchir tous ces jours loin de toi, reprit-il. Si nous voulons être heureux, nous ne devons pas rester ici...

— Trevor...

— Oui, je sais ce que tu m'as dit l'autre fois, mais je ne te crois pas. Il y a un secret entre nous, mais qui ne se rapporte pas à Philip, n'est-ce pas ?

La jeune fille déglutit tout en acquiesçant. Elle sentit les mains fermes de son ami se poser sur ses épaules, puis entendit sa voix grave et réconfortante :

— Je suis venu te chercher, Sandra...

— Comment ?

— Oui, nous allons partir, toi et moi.

— Maintenant ? fit la jeune fille en ouvrant de grands yeux surpris.

— Pourquoi pas ? Dans la vie, il faut savoir se jeter à l'eau, sinon, c'est bien connu, on ne fait jamais rien !

Un nouvel éclair déchira la nuit, illuminant le visage de la jeune fille, qui se sentit dotée de forces inconnues. Ce que lui proposait son ami semblait si déraisonnable qu'elle était tentée d'y répondre favorablement.

— Trevor, je ne peux pas me décider si vite, objecta-t-elle machinalement.

— Si, tu le peux. Il suffit de faire ta valise...

— Mais mes parents...

— Tu n'auras déjà pas ta mère sur le dos. Elle vient de sortir. Je repasse te prendre dans une heure...

— Trevor, il y a une chose que tu dois savoir avant...

— Ton secret ?

— Oui. Je n'en ai jamais parlé à personne. Si tu m'acceptes encore après ma confidence, alors, je veux bien te suivre...

Après avoir épanché son cœur, Sandra avait enfoui sa tête dans le creux de l'épaule de son soupirant, secouée de sanglots.

Une étrange lueur brillait dans les yeux de Trevor, qui déclara d'une voix ferme et résolue :

— Sois prête dans une heure.

*

L'horloge murale du *Cygne Blanc* venait de sonner dix heures. Les grandes baies vitrées étaient régulièrement secouées par des rafales de pluie, mais cela ne semblait nullement troubler le Dr Twist, qui achevait sa troisième part de tourte aux pommes.

— Vous auriez dû vous marier, commenta Hurst, toujours surpris par l'appétit gargantuesque de son ami.

— Pourquoi cela, Archibald ?

— En épousant un cordon bleu, vous auriez pu faire des économies.

Ayant terminé son dessert, Twist s'essuya soigneusement ses moustaches et répondit :

— Vous feriez mieux de réfléchir à l'affaire qui nous occupe.

— Je ne fais que cela.

— Et qu'en est-il ressorti ?

— Pas grand-chose, grogna le policier. Plus j'essaye de comprendre, moins j'y vois clair...

— Eh bien moi, je ne suis pas de cet avis. Je l'ai dit, mais on ne le répétera jamais assez : il faut asseoir un raisonnement sur des bases solides, bâtir sur le roc et non sur le sable. Ou si vous préférez : éliminer l'improbable pour ne conserver que les certitudes. Ce n'est qu'à ce prix que l'on parvient à la vérité, car il faut savoir...

— Et cela vous a amené où ? coupa le policier.

— À la seule hypothèse restante, aussi improbable qu'elle puisse paraître. En ce qui concerne Markale, nous posions le postulat suivant : il est soit un imposteur, soit un authentique voyant.

— Nous sommes d'accord, ce ne peut être que l'un ou l'autre !

— Non. Et c'était là notre erreur. Nous avons la fâcheuse habitude de poser un problème en termes de logique habituelle. Soit Untel dit la vérité, soit Untel ment. Mais on oublie souvent qu'il peut dire n'importe quoi, voire changer, c'est-à-dire alterner le mensonge, la vérité et même la folie. Dans l'affaire qui nous occupe...

Twist fut interrompu par l'arrivée d'un des policiers chargés de la surveillance de Markale.

– Sergent Blunt ? s'étonna Hurst. Vous êtes encore de service ? Kendall ne vous a pas dit que ces tours de garde n'étaient plus nécessaires ?

– J'avais cru comprendre que ce ne serait fini que ce soir.

– Soit. Qu'y a-t-il, alors ?

– Des choses curieuses, répondit ledit Blunt en passant un revers de main sur son visage mouillé. J'ai préféré vous en parler avant de rentrer... Justement, c'est à propos de Kendall, et de sa femme aussi... Je savais que le patron n'était pas en bons termes avec Markale, mais je ne le savais pas si rancunier. Il est allé le voir en début de soirée, vers sept heures. Lorsqu'il l'a quitté, dix minutes plus tard, il paraissait hors de lui. Avant de claquer la porte, il s'est même montré menaçant, s'écriant « Vous savez ce qu'on fait ici aux oiseaux de mauvais augure comme vous, Markale ! » Un peu plus tôt, à l'heure du thé, c'était Mrs Kendall qui avait rendu visite au voyant. Elle est restée près d'une demi-heure. Tout ce que je peux dire, c'est qu'elle ne souriait pas, ni en entrant ni en sortant.

– Étrange, fit Hurst en cherchant le regard de son ami.

– Et ce n'est pas tout, poursuivit le sergent Blunt. Markale est sorti de chez lui il y a une demi-heure. C'est surtout pour cela que je suis venu. Comme ma garde prenait fin, j'ai hésité, mais j'ai finalement préféré vous prévenir.

– Vous avez bien fait, Blunt, approuva le Dr Twist en se levant. Venez, Archibald, il n'y a pas une minute à perdre...

– Où allons-nous ?

— Chez Kendall.

Les deux détectives furent surpris par la violence du vent lorsqu'ils sortirent de l'auberge. Le visage cinglé par la pluie, ils se hâtèrent jusqu'au domicile du policier, où la plupart des fenêtres étaient illuminées. Mais personne ne répondit à leur coup de sonnette. La porte n'étant pas verrouillée, ils entrèrent. Hurst appela son collègue et sa femme, sans obtenir de réponse.

— Bizarre, grommela-t-il. On dirait qu'il y a quelqu'un... J'ai même cru entendre du bruit... Allons jeter un coup d'œil.

Les détectives passèrent dans le salon, dans la cuisine, puis dans la petite bibliothèque. Un livre ouvert sur le divan attira l'attention du Dr Twist. Il s'empara de l'ouvrage, le feuilleta, puis fronça les sourcils au bout d'un moment.

À son côté, Hurst reniflait bruyamment.

— Twist, vous ne croyez pas que nous avons autre chose à faire ?

— Cet ouvrage est fort instructif, Archibald, je dirai même révélateur...

Le policier s'avança, regarda par-dessus l'épaule de son compagnon et lut à haute voix le titre du chapitre :

— « Comment combattre le mauvais sort ».... Dites, Twist, vous vous fichez de moi ?

— Loin de moi cette pensée. Mais vous avez raison. Le temps presse. Il nous faut d'abord retrouver Kendall et sa femme.

— Je vais inspecter le reste de la maison, déclara l'inspecteur en se dirigeant vers la porte.

Mais il s'arrêta net en voyant Sandra dans l'embrasure. Elle portait un pardessus bleu marine et son visage trahissait l'inquiétude.

— Que faites-vous là ? s'exclama-t-il.

— Mais... je suis chez moi. C'est plutôt à vous que je devrais poser la question !

— Nous recherchons vos parents. Mais vous ne nous avez pas entendus tout à l'heure ?

— Eh bien... si. Mais j'étais dans ma chambre et ... j'ai eu peur. Je ne savais pas qui vous étiez...

Hurst estima qu'elle mentait sur ce dernier point, mais ne préféra pas insister.

— Savez-vous où ils sont ?

— Non... Je viens de me réveiller... à cause de l'orage.

— Vous réveiller ? répéta Hurst en la regardant de la tête aux pieds. On dirait plutôt que vous vous apprêtiez à sortir vous aussi !

Sandra jeta un coup d'œil sur sa mise.

— Euh... oui, bredouilla-t-elle. Je voulais faire un tour dehors, justement pour voir où ils se trouvent...

— Quand les avez-vous vus pour la dernière fois aujourd'hui ? la pressa Hurst d'une voix sourde.

— Lorsque je suis allée me coucher, vers neuf heures et demie. Je crois que père était sur le point de sortir. Mère était au salon...

Sandra se tut, venant de songer à ce que lui avait dit Trevor, dont l'arrivée coïncidait avec le départ de sa mère.

— Elle a dû partir un quart d'heure plus tard. J'ai entendu la porte d'entrée se refermer juste avant de m'endormir, ajouta-t-elle en baissant la tête.

— Ils sont peut-être à *Old Hall* ?

— C'est possible... Mais maintenant que j'y pense, je crois que maman, après être revenue de chez Mr Markale, avait parlé d'aller jusqu'aux falaises...

— Aux falaises, par ce temps ! s'étonna Hurst. Et cela ne vous a pas surprise ?

— Eh bien... je n'ai pas l'habitude de poser des questions.

Le policier se tourna vers son compagnon :

— Venez, Twist, j'ai un mauvais pressentiment !

La pluie tombait dru lorsqu'ils quittèrent la jeune fille. Ils prirent sans hésiter la direction du littoral. Le vent tournoyant freinait considérablement leur marche. Devant eux, le sentier pierreux se dessinait en spasmes convulsifs, au gré des flèches lumineuses qui zébraient le ciel. À mesure qu'ils approchaient du bord de la côte rocheuse, ils avançaient de plus en plus difficilement, au rythme de l'inquiétante symphonie des éléments déchaînés. La pluie crépitait bruyamment sur leurs imperméables, les rafales mugissaient autour d'eux et le tonnerre ébranlait si fort les environs qu'ils s'attendaient à tout instant à voir une crevasse s'ouvrir sous leurs pieds. Ils perçurent ensuite d'autres sons singuliers, qui ressemblaient fort à des cris humains. Puis des pas précipités. Une ombre surgit soudain devant eux, puis une autre, qui semblait secouée de sanglots.

Hurst identifia la plus proche à la faveur d'un éclair :

— Kendall, c'est vous ?

L'interpellé s'immobilisa, indécis et désemparé. Il jeta un coup d'œil sur sa femme Ruth qui, échevelée et hagarde comme une ménade, venait s'accrocher à son bras. Se plaçant entre elle et les détectives, il leur annonça, après avoir pris une profonde inspiration :

— Oui, c'est moi... Vous tombez à pic, car il est arrivé une chose épouvantable... *Je viens de tuer Patrick Markale !*

24

Effondrée dans un des fauteuils de son salon, Ruth gardait le visage enfoui entre ses mains. C'est son mari qui avait préparé les quatre grogs fumants. Tandis que l'horloge égrenait les coups de onze heures, Twist et l'inspecteur Hurst demeuraient silencieux et sceptiques, après le récit confus du maître de maison, installé à côté de sa femme, les bras croisés et le regard fixe.

– Je n'ai pas bien compris le sens de votre visite chez le voyant, Mrs Kendall, demanda le Dr Twist en retirant son pince-nez. Vous vouliez le consulter pour une affaire ? Mais quelle affaire ?

– La disparition de Henry, bredouilla Ruth avec des larmes dans la voix. Je me suis dit que s'il était encore en vie, Mr Markale pourrait nous renseigner... Comme il avait été si brillant dans tout ce qu'il avait entrepris jusqu'ici...

– Mrs Leighton était-elle au courant de votre démarche ?

– Non, pensez donc ! J'avais trop peur de lui donner des faux espoirs. Je voulais simplement profiter des dons de Mr Markale...

– Et c'est pour cela, intervint Oliver Kendall d'une voix rude, que Markale lui a fixé ce rendez-vous au sommet de la falaise, là où Henry a disparu, lieu privilégié pour lui fournir une indication...

— Mais pourquoi à une heure si tardive, et par un temps pareil ?

— Parce que..., bredouilla Ruth, la tête baissée. Il valait mieux que ce soit pendant un orage, la nuit de préférence...

— Un orage, reprit Twist, qui n'avait pas encore éclaté cet après-midi. Je comprends... Et après cela, Kendall, c'est vous qui êtes allé chez le devin ?

Les yeux injectés de sang, le policier acquiesça.

— Oui, je voulais le prier de cesser d'importuner ma femme, de ne plus la tourmenter comme il l'a fait depuis le début...

— Vous êtes donc allé le voir pour lui demander de renoncer à ce rendez-vous ?

— Non... Je voulais juste le prévenir, lui dire que s'il arrivait malheur à Ruth, je le tiendrais personnellement pour responsable.

— Oui, fit Hurst dans un soupir. Le sergent Blunt vous a même entendu le menacer, et ça, Kendall, ça ne va pas arranger les choses. La thèse de l'accident aura du mal à passer !

— À 21 h 30, reprit le Dr Twist, Markale est sorti de chez lui pour aller à son rendez-vous. Vous, Mrs Kendall, vous êtes partie un quart d'heure plus tard... Lorsque vous êtes arrivée, votre mari et le devin étaient en train de se quereller violemment...

La maîtresse de maison éclata une nouvelle fois en sanglots.

— Oui..., réussit-elle à articuler au bout d'un moment. Mais tout ceci est si confus... Le vent... La pluie qui m'aveuglait... Je ne sais plus très bien...

Twist se tourna vers leur hôte :

— Et vous, Kendall, vous êtes parti un peu plus tôt, n'est-ce pas ?

Le policier se frotta nerveusement les mains.

— Heu.. oui. Je comptais faire un tour chez John... Enfin, c'est ce que j'ai dit à Ruth. En réalité... je voulais voir ce qui allait se passer. Je m'étais caché derrière un rocher, mais Markale m'a aperçu en arrivant. Il a alors eu le toupet de me faire des reproches ! J'ai vu rouge. Il était si arrogant que j'ai fini par l'empoigner et... je l'ai projeté dans le vide... sous l'effet de ma rancœur contenue qui s'est libérée d'un coup.

Hurst hocha gravement la tête.

— Le moins qu'on puisse dire, c'est que vous ne vous êtes pas conduit en gentleman !

— Je sais, répondit Kendall avec un sourire amer. Mais trop, c'est trop ! Toutes ses victoires étaient pour moi autant d'humiliations ! Je n'avais jamais connu ça de toute ma carrière ! Et d'ailleurs, cela n'a rien apporté de bon, ici, à Chartham. La plupart de ces vieilles affaires n'étaient que des drames familiaux. Qu'a gagné la justice à confondre un brave type comme Jack Tasker, ou un malheureux ivrogne comme Sam Tyler ?

— Eh bien, fit Hurst, nous voilà bien embarrassés. Vous savez ce que nous allons devoir faire, Kendall, vous êtes même bien placé pour cela...

— Je sais, fit le policier en fermant les yeux. Mais n'ayez crainte, je ne chercherai pas à m'enfuir comme l'aîné des Leighton !

Twist considéra Oliver Kendall avec incrédulité. Après avoir tiré pensivement sur sa pipe quelques bouffées de fumée, il dit :

— Votre récit est très étrange, à bien des égards...

— C'est pourtant ce qui est arrivé ! Vous n'en douterez plus lorsque nous découvrirons demain le corps de Markale au pied de la falaise, ou échoué sur un rivage des environs...

— Je ne doute pas de la mort de Markale, notez bien, mais plutôt de votre geste criminel...

— Mais j'ai bien tué cet homme ! Je l'ai provoqué et... il n'était pas de taille à se défendre !

— Je ne pense pas que vous l'ayez tué.

— Mais... il y a ma femme ! Elle a vu toute la scène... elle peut en témoigner !

— Je ne la crois pas davantage, encore qu'elle ne soit pas très précise dans sa déclaration.

Kendall darda un regard furieux sur le détective :

— Vous croyez que cela m'amuse d'avouer mon crime ?

— Je pense que vous avez une raison précise d'agir ainsi. Ce qui me paraît curieux, voyez-vous, c'est le fait que vous n'essayez même pas de présenter ce drame comme un accident, une querelle qui aurait mal tourné. Il est vrai que si vous l'aviez fait, vu les menaces que vous avez proférées à l'encontre de la victime, on ne vous aurait peut-être pas cru, et l'on aurait même approfondi l'enquête... ce que vous vouliez éviter à tout prix, n'est-ce pas ?

— Je... je ne comprends pas ce que vous voulez dire.

— Votre épouse va peut-être pouvoir nous aider. Pour cela, il nous faut revenir sur la prédiction de Markale, selon laquelle Mrs Kendall devait connaître un sort funeste. Or, c'est bien connu, on ne peut pas lutter contre le sort, n'est-ce pas ?

Ruth acquiesça tout en déglutissant avec peine.

— Cependant, certaines théories soutiennent le contraire, comme celle d'un hérétique bégard... Il est possible de conjurer le mauvais sort, dans certains cas de figures... comme celui d'un oracle défavorable. L'une des méthodes les plus sûres consiste alors à occire le prédicateur en suivant un rituel précis. Une nuit d'orage, entre autres, est fortement conseillée...

Livide, Mrs Kendall ouvrit grand la bouche :

— Comment savez-vous cela ?

— Simplement pour avoir jeté un coup d'œil dans le grimoire que j'ai découvert dans votre bibliothèque. J'ai vu qu'il était également question d'eau bénite, de poudre de scorpion, de patte de tortue, mais enfin, je n'ai pas lu la recette entière... C'est vous qui avez tué le voyant, Mrs Kendall, n'est-ce pas ?

Ruth fit oui de la tête, puis s'effondra une nouvelle fois en larmes.

25

— C'est un accident ! s'exclama Kendall. Elle ne l'a pas tué volontairement ! C'était simplement une expérience qui a mal tourné !

Hurst réclama le silence d'un geste, puis s'adressa à Mrs Kendall d'une voix douce :

— Expliquez-nous les faits en détail, depuis le début. Prenez tout votre temps, nous ne sommes pas pressés.

Après s'être frotté les yeux, Ruth parla d'une voix fluette et entrecoupée de sanglots.

— Au début, j'ai simplement eu peur... Mais au fur et à mesure que Mr Markale triomphait, je n'ai plus douté de ses pouvoirs, au point même de me croire condamnée par sa prophétie. Jusqu'au jour où, en fouillant la bibliothèque, je suis tombée sur ce fameux manuel de sorcellerie écrit par un hérétique... et j'ai suivi très scrupuleusement ce qui était préconisé. Une fois que tout fut prêt, il m'a suffi d'attendre l'instant favorable. Cet après-midi, je suis bien allée chez Mr Markale pour lui fixer ce rendez-vous nocturne. Mais ce n'était qu'un prétexte pour l'attirer au bord de la falaise... Car il fallait qu'il soit « près d'un gouffre »...

» Il était déjà là lorsque je suis arrivée... Par bonheur, si l'on peut dire, il se tenait tout près du bord... J'avais bien évidemment emporté le philtre que j'avais préparé dans un gros flacon. Il me tournait le dos et ne m'a pas vu venir. Alors, toujours en suivant scrupuleusement les instructions du manuel, j'ai débouché le récipient, je l'ai appelé et je l'ai aussitôt aspergé... Mon Dieu, c'était horrible... Il s'est effrayé en se retournant et a basculé... Il a poussé un cri terrifiant en tombant dans le vide... Heureusement qu'Oliver est arrivé juste après, sans quoi je serais peut-être tombée à mon tour. J'avais fermé les yeux et je sentais les rafales qui me poussaient vers le précipice...

— Vous voyez, c'est un accident ! insista Kendall.

— Un accident ? gronda Hurst. Une recette de magie noire qui se termine ainsi ? Ça m'étonnerait que la justice anglaise voie cela de cette manière, et vous le savez très bien, Kendall ! Elle n'appréciera pas davantage le fait que vous vous soyez livré à un faux témoignage pour tenter de la disculper, mais ce n'est qu'un moindre mal par rapport à ce qui l'attend, j'en ai peur...

— C'était le seul moyen de conjurer le mauvais sort, gémit Mrs Kendall. Je ne voulais pas mourir...

— Mourir ? grinça Hurst. Ce n'est pas exactement ce que vous avait prédit Markale, n'est-ce pas ? N'avait-il pas parlé d'un grand malheur ?

— Si...

— Alors, c'est ce qui est finalement arrivé ! énonça Hurst en détachant bien les syllabes. Par votre faute, d'ailleurs, Mrs Kendall ! Je regrette d'avoir à vous le dire, mais vous êtes en très mauvaise posture ! Jamais la thèse de l'accident ne pourra être retenue, car vous avez tué cet homme, intentionnellement et au terme d'une minutieuse préméditation. Voilà votre grand malheur ! Markale avait donc vu juste. Quant à son triste sort, il était également prévu. Après avoir découvert la source de Sibyl et annoncé le malheur, le nouveau voyant a péri de la main vengeresse d'une personne du village... *conformément à la légende de la source de Sibyl*.

26

Il y eut un silence de mort. Kendall avait plusieurs fois ouvert la bouche pour répliquer, mais en vain. Il semblait défait comme un malfaiteur pris sur le fait. Ruth posa sa main sur la sienne et soupira :

— Ce n'est plus la peine, Oliver. Inutile de mentir... D'ailleurs, je ne t'aurais jamais laissé être accusé à ma place, tu le sais bien. Tôt ou tard, j'aurais parlé. Cela va peut-être vous faire sourire, messieurs, mais je me sens mieux à présent, comme soulagée d'un grand poids.

Aucun des trois hommes ne fit de commentaire. Ruth, qui semblait glisser dans une paisible résignation, se redressa soudain en jetant des coups d'œil inquiets autour d'elle.

— Mais au fait, où est Sandra ?

Les détectives expliquèrent aux Kendall leur brève rencontre avec la jeune fille.

— Elle était habillée et s'apprêtait à partir à notre recherche ? s'inquiéta Kendall. Vraiment curieux, car ce n'est pas dans ses habitudes...

Sur ces mots, il sortit de la pièce. On l'entendit l'appeler sans obtenir de réponse, puis revenir un moment plus tard, le visage défait.

— Certaines de ses affaires ont disparu... et j'ai trouvé ce mot.

Il brandit une feuille de papier sur laquelle était écrit « *Adieu, ne cherchez pas à me retrouver, je ne veux plus vivre ici.* »

Après avoir lu le message, Mrs Kendall pâlit violemment, murmurant : « Mon Dieu, c'est de trop... », puis tomba en pâmoison. Son mari eut juste le temps de la rattraper dans ses bras. Il appela une ambulance, puis téléphona à la police. Lorsqu'il raccrocha, il avait les traits d'un homme à qui le sort venait d'assener un coup fatal.

*

Le témoignage de Philip, qui pensait avoir aperçu son frère aux abords du manoir, donnait à penser que la fugue de Sandra était liée au retour de Trevor. Les policiers purent ainsi orienter leurs recherches, et Hurst avait bon espoir de les retrouver rapidement. Mrs Kendall était restée à l'hôpital. Après les calmants qu'on lui avait administrés, elle était tombée dans un inquiétant état de neurasthénie, et semblait incapable de subir un quelconque interrogatoire.

Le cadavre de Patrick Markale fut découvert le lendemain matin à l'endroit de la chute, sur la grève rocheuse au bas de la falaise. Ballotté toute la nuit par les vagues contre les rochers, il était en piteux état. Kendall ne participa ni à l'enquête ni aux recherches de Sandra. Comme le lui avaient d'ailleurs conseillé ses collègues, il était resté chez lui. Installé à côté du téléphone, il rongeait son frein, prêt à décrocher le combiné au moindre frémissement de la sonnerie.

La découverte du flacon utilisé par Ruth pour

asperger le voyant permit de localiser l'endroit précis du drame. Aucun autre indice ne fut détecté.

En milieu d'après-midi, le corps avait été emmené et les policiers avaient terminé leur travail. Seuls restaient le Dr Twist et son ami Hurst. Le violent orage de la veille n'était plus qu'un lointain souvenir, mais les belles journées précédentes également. La grisaille avait repris le dessus, avec son sournois complice le vent qui, ce jour-là, semblait avoir choisi pour cible l'infortuné inspecteur Hurst, souvent obligé de maintenir son chapeau à deux mains pour qu'il ne s'envole pas.

— Mais, bon sang, Twist, notre affaire est claire et limpide comme de l'eau de source ! Pourquoi diable vous obstinez-vous à renifler ici le moindre caillou ? Douteriez-vous des aveux de Mrs Kendall ?

— Non. J'ai toujours pensé que c'était une personne crédule et vulnérable, victime de sa propre faiblesse, une proie facile pour un monde aussi cruel que le nôtre. Nous avons d'ailleurs là un cas très particulier de crime, dans la mesure où, comme vous l'avez souligné, nous sommes en présence d'un véritable assassinat, même si la victime, effrayée, s'est tuée en faisant une chute mortelle. Ce point n'était qu'un détail dans l'exécution du crime, dont on ne tiendra pas compte, d'autant plus qu'il vient de la bouche même de la meurtrière. S'il veut la sauver, son avocat n'aura d'autre solution que de plaider la folie. Et dans le meilleur des cas, Mrs Kendall terminera ses vieux jours dans un asile...

— Ce serait l'issue la plus favorable, vous faites bien de le dire. À mon avis, l'ami Kendall pourra bientôt se chercher une autre compagne s'il ne veut pas vivre seul le restant de ses jours...

— Je m'en veux, dit Twist, car nous aurions pu percer son secret et, partant, éviter ce drame. Nous disposions des confidences de son mari, sans parler de cette histoire de vol d'eau bénite, qui est très significative, car il s'agit sans nul doute de l'arme la plus traditionnelle pour combattre les démons. Sir John nous avait également parlé de ce scorpion qu'elle était allée récupérer chez eux. Et, souvenez-vous, elle avait été heureuse de nous montrer la bibliothèque de son père, mais elle avait aussitôt regretté son geste, ayant probablement peur de se trahir...

Enfonçant son chapeau jusqu'aux yeux après avoir failli le perdre une nouvelle fois, Hurst grogna :

– Le problème, c'est que nous avions d'autres chats à fouetter ! Cette ridicule histoire de sorcellerie était apparue juste comme une goutte d'eau dans la mer !

– Oui, notre énigme est loin d'être résolue. Et à propos d'eau, celle de cette source magique nous pose un problème désormais considérable...

– Drôle d'affaire, grommela Hurst qui, du bord de la falaise, semblait défier l'océan.

– En toute honnêteté, Archibald, j'avais pressenti ces complications. Dès que vous m'avez parlé de bagatelle, de mystère de pacotille à régler en deux temps trois mouvements, j'ai envisagé le pire...

Avisant son compagnon qui s'était approché tout près du bord, Hurst lui fit remarquer avec véhémence :

– Mais dites donc, Twist, à quoi jouez-vous ? Vous voulez vous rompre les os ?

Penché par-dessus un rocher en saillie, qui dominait une étroite et courte plate-forme rocheuse, le détective répondit :

– Non, je n'ai pas du tout envie de suivre le même chemin que Markale. Mais voyez, il n'a pas eu de chance. S'il était tombé un peu plus à droite, il aurait atterri sur cette corniche et aurait pu s'en tirer.

À ce moment-là, une violente rafale balaya le plateau de la falaise. Twist eut le réflexe de reculer, mais Hurst, malgré sa stature corpulente, dut lutter pour garder l'équilibre. En revanche, il oublia de retenir son chapeau, qui en profita pour s'envoler comme un cerf-volant fou vers le large. En cherchant à le rattraper, il fut à deux doigts de basculer dans le vide.

— Mille tonnerres de mille tonnerres, il s'en est fallu d'un cheveu que je ne fasse à mon tour le grand plongeon !

Un long silence suivit son exclamation, tandis que le vent s'éloignait dans un miaulement décroissant.

— Il s'en est fallu d'un cheveu, répéta Twist, qui semblait déjà avoir oublié l'incident. *Un cheveu*... Bon sang, Archibald, cela ne vous dit-il rien ? Nous avons déjà entendu parler de cheveu dans cette affaire, n'est-ce pas ?

— Est-ce en rapport avec ce monsieur Phaéton ou avec vos sandales d'Hermès ?

— Souvenez-vous, c'était Ruth Kendall qui avait fait allusion... Un cheveu, un simple cheveu, qui l'avait plus ou moins amenée à jeter un coup d'œil sur la bibliothèque maléfique...

— Expliquez-vous clairement, tonna le policier. Je viens de perdre un chapeau et je ne voudrais pas perdre mon calme en plus...

— L'indice du cheveu est capital, déclara Twist, dont le regard brillait à présent singulièrement. C'est le cheveu de la sirène, comprenez-vous ?

— Est-ce une référence à la belle Sandra ou à la sirène de la légende ?

— Ce pourrait être les deux, car j'imagine volontiers la jeune Kendall, assise sur un rocher, peignant gracieusement sa belle chevelure, sous les regards extasiés des frères Leighton...

— Elle semble à présent avoir fait son choix.

La voix de Twist se fit plus grave :

— Archibald, vous venez de me mettre sur la voie, et même doublement. Cet indice du cheveu a été un véritable déclic. Je crois avoir trouvé la clé de l'énigme, grâce à vous une fois de plus.

— Vous dites toujours ça ! grogna le policier en ramenant sur son crâne sa mèche rebelle.

— Souvenez-vous, je vous avais parlé de certaines hypothèses, que j'avais écartées car aucun lien ne les reliait. J'avais même envisagé la culpabilité d'une certaine personne, mais l'absence totale de mobile semblait infirmer cette piste. À présent, tout cadre jusque dans les moindres détails, les moindres anomalies de comportement, qui convergent vers une solution unique, et assez effroyable, je dois bien le dire...

— Ce que vous voulez surtout, c'est ne rien me dire du tout, je vous connais !

Twist ne répondit pas. Il regardait fixement l'immensité de l'océan, dont la couleur verte semblait déteindre sur le bleu pâle de ses yeux.

— Voyez cet endroit, Archibald, ce chaos de rochers noirs au bord d'un gouffre béant, et cette mer sombre et mystérieuse, lugubre comme les fleuves de l'enfer. Je suis certain que ce sinistre tableau a dû influencer la personne responsable de cette monstrueuse machination, d'une laideur repoussante, et à bien des égards...

Un bruit de pas précipités fit sursauter les deux détectives. Un policier en tenue venait à leur rencontre à grandes enjambées.

— Nous les avons retrouvés, haleta-t-il lorsqu'il fut à leur hauteur.

— La fille Kendall et le jeune Leighton ? questionna Hurst, abrupt.

— Oui.

— Et où les avez-vous dénichés ?

— Au commissariat. Ils s'y sont rendus de leur propre gré...

27

Installée dans son jardin d'hiver, Mrs Deborah Leighton regardait rêveusement la mer à travers les larges baies vitrées comme elle avait coutume de le faire. La gorge nouée, elle se disait que les nouvelles se suivaient et ne se ressemblaient pas. Il y avait d'abord eu celle, tragique, de l'assassinat de Markale, puis celle bien réconfortante du retour de Trevor. Qui plus est, il s'était lui-même rendu à la police, repenti et, semblait-il, résolu à prendre un nouveau départ dans la vie. Elle n'avait malheureusement pas pu le voir, car l'inspecteur Hurst, qui l'avait personnellement prévenue par téléphone, tenait encore à l'interroger.

La nouvelle avait également comblé de joie son mari. Philip, au contraire, avait manifesté un enthousiasme plus mitigé. « Il est grand temps que les vacances se terminent et que je retourne à l'université, avait-il déclaré avec amertume. Vraiment, je me demande comment vous faites pour vivre dans ce coin perdu et supporter cette sinistre grisaille toute l'année ! »

Sur quoi, il avait claqué la porte et regagné sa chambre.

Deborah devinait aisément la cause de sa rancœur : le choix de Sandra, qui semblait cette fois définitif. Tout compte fait, il n'avait pas trop mal pris la chose. Il était jeune et allait certes oublier rapidement la belle sirène qui avait fait chavirer son cœur.

Elle en était là de ses réflexions lorsque la porte s'ouvrit sur son mari, qui entra et prit place à son côté. Sortant son étui à cigarettes, il en alluma une sans se presser, puis demanda machinalement :

— À quoi penses-tu, ma chérie ?

— Aux sirènes...

— Ah ! c'est là une charmante vision, bien que, personnellement, je n'en aie jamais vu.

— On dit qu'elles sont synonymes de malheur et qu'elles rendent les hommes fous de jalousie...

— Songerais-tu à Sandra ?

— Eh bien... oui, pour dire la vérité.

Le châtelain rajusta son foulard autour du cou et s'éclaircit la voix :

— Elle n'est pas exempte de tout reproche, il est vrai, mais je la trouve sympathique malgré tout, et je pense qu'elle fera une bonne compagne pour Trevor. Je crois même qu'à l'inverse de ses consœurs elle exerce une influence bénéfique sur notre fils.

— En effet, il s'est battu à mort avec son frère pour elle !

— Leur rivalité ne date pas d'hier, et Sandra n'y est pour rien. Ce que je constate à présent, c'est qu'elle semble avoir donné à Trevor une énergie que je ne lui ai jamais connue par le passé. Je viens de l'avoir au téléphone. Ce qu'il m'a dit m'a fait chaud au cœur.

— Mais John, tu aurais pu me prévenir !

— Je n'en ai pas eu le temps. L'inspecteur Hurst semblait très pressé.

— Quand allons nous le voir ?

— Bientôt, peut-être ce soir. D'ailleurs à ce propos...

— Et que disait-il ?

— Qu'il regrettait tout le mal qu'il nous a fait, qu'il allait désormais s'employer à se racheter, qu'il n'avait désormais qu'un seul but, rendre Sandra heureuse, qu'il compte l'épouser dès que sa situation le lui permettra.

— Ça, c'est une autre histoire, dit gravement Deborah.

— J'ai déjà réussi à faire retirer toutes les plaintes. Avec un peu de chance, il pourra s'en tirer avec une peine légère, et bénéficiera peut-être même d'un sursis, vu son casier judiciaire vierge, sa reddition et aussi, je dois l'avouer, quelques relations personnelles.

— Je n'ose pas y croire... Je serais si heureuse pour lui ! Jusqu'ici, il n'a jamais eu de chance, le pauvre...

— Inutile de le plaindre, ma chérie. Il n'a vraiment pas l'air malheureux...

Le visage de Deborah s'illumina, mais ne dura pas. Ses traits se rembrunirent lorsqu'elle demanda :

— Et pour Ruth ?

Sir John hocha tristement la tête.

— Aux dernières nouvelles, les médecins seraient très inquiets pour sa santé mentale. C'est dramatique à dire, mais ce serait peut-être une bonne chose pour elle...

— Mon Dieu, je n'arrive toujours pas à y croire... Et en même temps, je la comprends si bien. La sombre prédiction de Markale l'avait terrifiée. J'aurais dû lui parler davantage, l'aider... Comme elle doit se sentir seule à présent... Et Oliver, comment prend-il la chose ?

— Mal. À vrai dire, je ne l'ai jamais connu ainsi. Il

allait juste un peu mieux lorsqu'on lui a appris qu'on avait retrouvé Sandra... En fait, il en veut beaucoup à l'inspecteur Hurst et à son ami Twist. Il les tient pour responsables de l'état de Ruth. Mais il viendra quand même ce soir... Ah ! je voulais justement te dire que le Dr Twist compte organiser une petite réunion pour nous parler du devin...

— Ici ? s'enquit Deborah avec une nuance d'inquiétude dans la voix.

— Oui, je lui ai donné mon accord.

— Mais qu'y a-t-il encore à ajouter sur Markale ?

— « Vous dévoiler certains mystères à son sujet », c'est ce qu'il m'a dit textuellement et je n'en sais pas plus. Il tient en tout cas à ce que toutes les personnes concernées soient présentes, c'est-à-dire les Kendall – hormis Ruth, bien sûr –, et nous...

— Nous ? Nous... et nos fils ?

— Oui.

— Alors Trevor viendra !

Sir John pinça les lèvres.

— Je ne sais pas, car Hurst lui-même n'en est pas encore sûr... (Consultant sa montre-bracelet, qui marquait seize heures, il ajouta :) Mais nous serons bientôt fixés, la réunion est prévue pour vingt heures...

28

L'horloge du salon de *Old Hall* venait d'égrener huit coups dans un pesant silence. Ce soir-là, les nombreux tableaux aux teintes chaudes semblaient impuissants à transmettre l'éclat de leurs couleurs. Du reste, les lampes qui d'habitude les mettaient en valeur n'avaient pas été allumées. De toute évidence, ce n'était pas une soirée de fête. Le visage grave de l'inspecteur Hurst en attestait, ainsi que celui plus renfrogné de Kendall, qui, nerveux en diable, ne cessait de décocher des regards lourds de reproches à Sandra. Celle-ci gardait résolument la tête baissée, parant ainsi aux éventuelles réprimandes muettes de Philip, qui, assis dans un fauteuil à l'autre extrémité de la pièce, avait choisi de l'ignorer. Pas complètement car, de temps à autre, il ne pouvait contenir un bref coup d'œil dans sa direction. Sir John était assis à côté de sa femme, près de la cheminée, non loin de Hurst, dont on percevait la respiration sifflante.

Debout devant l'âtre, le Dr Twist tirait paisiblement sur sa pipe. Il attendit que le dernier coup de l'horloge fût absorbé par le silence pour prendre la parole, après un lent regard circulaire.

— Peu de personnes pleureront la disparition de Mr Markale, et il ne m'appartient pas de faire son éloge funèbre, mais je me sens quand même dans l'obligation de faire la lumière sur sa mystérieuse personnalité, et le rôle précis qu'il a joué dans cette tragique affaire. La première question qui se pose est de savoir s'il s'agissait oui ou non d'un authentique voyant. La plupart d'entre nous ont fini par l'admettre, mais en ce qui me concerne, le doute a toujours prévalu... et je ne me suis pas trompé. Mais comme pour tout, les choses ne sont pas aussi tranchées qu'on le croit. Car Markale était à la fois un très habile escroc et un pigeon de premier ordre. Imbu de ses réussites, il avait fini par croire à ses pseudo-pouvoirs pour se révéler en fin de compte aussi naïf que ses victimes.

» L'inspecteur Kendall avait vu juste d'emblée. Il le soupçonnait de faire lui-même main basse sur certains objets, allant même jusqu'à des vols plus importants, afin de mieux éblouir l'assemblée quand, au terme de quelques mystérieuses oscillations de pendule, il énonça la solution du problème. Il avait toujours refusé de nous dire s'il avait retrouvé la source de Sibyl, mais il est certain que c'est pour cette raison unique qu'il est venu s'installer à Chartham. Vous rappelez-vous ? Peu de temps après son arrivée, un vol fut commis dans la région. Il y a tout lieu de penser qu'il en était l'auteur, et qu'il avait caché son butin sous le pont...

– À l'époque, personne ne voulait me croire ! lança Kendall d'une voix acide.

Twist secoua la tête en souriant :

– C'était une hypothèse que j'aurais privilégiée s'il n'y avait pas eu la suite, c'est-à-dire ses visions hallucinantes qui défiaient l'entendement. Notons qu'à partir de ce moment-là, la méthode de Markale pour déceler des indices allait légèrement différer, et c'est ce qui m'a mis la puce à l'oreille. Il avait coutume de retrouver les objets disparus en arrêtant son pendule au-dessus d'un point précis sur une carte ou un croquis, avec éventuellement le simulacre de quelques visions. Or, à partir de l'affaire Tyler, il procédera différemment. Pour pouvoir se concentrer, il a eu recours à un verre d'eau, rempli soi-disant de l'eau magique de la source. Puis il a énuméré des symboles – un cygne et une croix –, qui se rapportent indiscutablement au « cygne » de l'ancienne auberge de Tyler, et de la croix d'une tombe, dans son sens large, c'est-à-dire la mort, thèse la plus plausible.

» Tout escroc qu'il était, Markale avait un flair certain pour percer les pensées secrètes de ses semblables et parvenir à des conclusions qu'eux-mêmes ignoraient. En un mot, c'était un fin psychologue, assez habile pour se tirer d'affaire lorsqu'on lui soumettait de véritables énigmes, et non des disparitions organisées par lui ou par un complice. Il lui suffisait alors d'évoquer quelques vagues images, auxquelles on peut pour ainsi dire donner le sens qu'on veut. S'il sentait par exemple qu'un de ses clients soupçonnait, même inconsciemment, que son voisin avait empoisonné son chien, les mots « verre » ou « eau » banals et aux significations multiples, pouvaient se révéler d'une clarté limpide aux yeux de l'intéressé. En résumé, je dirai qu'il peut toujours y avoir un lien entre toutes les choses, si l'esprit le souhaite vraiment. J'ajoute que le fait d'annoncer un malheur à quelqu'un, comme il l'a d'ailleurs fait avec Mrs Kendall, et surtout sans être très précis, est un vieux truc de faux prophète, car la vie nous réserve régulièrement quelques mauvaises surprises, en général plus nombreuses que les bonnes.

» Pour en revenir à cette histoire de symboles, j'avais été frappé par ses mots « chaussure et plumes », qui n'étaient autres que les sandales ailées d'Hermès, le dieu des voleurs, alors qu'on était en train de l'interroger sur une énigme devant faire appel à l'esprit d'un voleur très habile. Par le biais de quelques souvenirs d'université, j'y ai fait allusion, mais cela ne l'a pas empêché de poursuivre allégrement ses pérégrinations mythologiques et symboliques, comme le char de Phaéton, lequel Phaéton, après avoir incendié l'univers entier, pourrait passer pour le prince des pyromanes, thème qui était précisément l'objet de cette dernière séance. Le détail de la barrière était gratuit, mais il pouvait s'appliquer, ici, à la campagne, à bien des endroits. Markale, ayant déjà mené deux fois de suite les enquêteurs sur des pistes victorieuses, était intimement persuadé de ses pouvoirs. Il lui suffisait de laisser vagabonder son imagination pour arriver, comme par enchantement, à la clé des mystères. Et quels mystères ! Des énigmes vieilles de plusieurs années demeurées sans réponses – un incendie criminel, des vols et même un double assassinat !

Twist observa un silence, durant lequel on aurait entendu voler une mouche. Il fit quelques pas devant l'âtre, le doigt pensivement posé sur la bouche, avant de reprendre :

– Que Markale ait réussi à connaître les dessous d'une de ces affaires me paraissait envisageable, mais pas les trois. L'idée de sa culpabilité restait pourtant ancrée dans mon esprit. Durant la nuit après sa vision de la « croix et du cygne », il pouvait avoir lui-même déposé ce cygne décoratif, probablement déniché dans un jardin des environs. Malgré la surveillance dont il fit l'objet, on pouvait encore penser qu'il avait réussi à joindre un complice pour lui demander de tremper le talon d'une chaussure de Trevor dans la boue, et d'y coller quelques plumes, prélevées sur le cadavre d'une mouette, peut-être tuée pour la circonstance. C'était encore envisageable. Mais pour le soleil décoratif caché près d'une charrette, avec le briquet révélateur... là, c'était trop. À cette difficulté matérielle, quasi insurmontable, s'ajoutait celle de la connaissance des solutions de ces trois énigmes. Cela, je l'ai dit, était un obstacle infranchissable. Seule une personne de Chartham pouvait éventuellement être au courant. Une personne qui, ayant percé à jour le voyant, s'était employée à fabriquer ces indices pour accréditer ses pouvoirs, donner du corps à ses visions extraordinaires. C'était si habilement fait que Markale lui-même s'y est laissé prendre. Et en y réfléchissant bien, très peu de personnes en avaient l'occasion...

Twist se tut, fixa tour à tour Kendall et sir John, avant de reprendre :

— Personnellement, je n'en vois que deux. Mais si l'on pose la question : qui pouvait éventuellement connaître la solution de ces trois mystères ? Alors, il ne reste plus qu'un seul suspect...

Twist s'approcha d'Oliver Kendall, s'immobilisa devant lui et le considéra avec un mépris non dissimulé :

— Voyez-vous, Kendall, ce qui m'a toujours surpris, c'est qu'un si brillant policier comme vous n'ait pas réussi à résoudre trois affaires locales. Un échec ? C'est concevable. Deux ? À la rigueur. Mais *trois* ? Là, je me suis dit que cela faisait beaucoup...

29

Après un moment de surprise, Kendall esquissa un sourire, et se tourna vers les autres pour les prendre à témoin :

– Voyons, cela n'a pas de sens ! C'est tellement absurde que je ne sais même pas par où commencer ! Trois affaires, dites-vous ? Mais lesquelles ? Je ne me suis occupé que des vols de bijoux et de l'incendie !

– Je sais. Vous n'étiez pas encore installé à Chatham au moment de la disparition de Mrs Tyler et de son amant. Mais il ne s'en est fallu que d'une petite année. La piste était encore relativement fraîche. Un limier de votre classe aurait aisément dû débrouiller ce drame, basé sur un canevas des plus classiques.

– Et pourquoi aurais-je couvert les coupables ? Pourquoi courir inutilement le risque de perdre ma place ?

Twist pinça les lèvres.

– Parce que, d'une certaine manière, Kendall, vous êtes un chic type. Pour l'affaire Tyler, j'en suis réduit aux spéculations, mais les choses pourraient s'être déroulées ainsi. En donnant un coup de main au vieux Tyler dans son potager, à l'époque où il lui arrivait de s'en occuper, vous avez peut-être décelé son inquiétude lorsque vous avez bêché la partie où étaient enterrées les victimes. Avec ce que vous saviez de l'affaire, et peut-être quelques habiles questions pour l'amener à se trahir, il vous a été possible d'avoir la confirmation de vos soupçons. Mais la pitié l'emportant, vous avez choisi de vous taire, n'ignorant pas quel démon la jalousie peut engendrer...

» Vous avez également eu pitié du fermier Tasker, durement frappé par le sort, après le décès de sa femme et de son fils. Vous avez fait disparaître le briquet qu'on venait de trouver, preuve accablante à son égard, et en tant que responsable de l'enquête, vous étiez une des rares personnes à en avoir la possibilité. Je gage que vous n'aviez alors pas manqué de remarquer les initiales qui y étaient gravées. Quant au fait de le conserver, c'était peut-être là un geste purement machinal, ou un oubli après avoir décidé de le cacher provisoirement chez vous, pour mieux le faire disparaître par la suite. Toujours en ce qui concerne cette fameuse pièce à conviction, il faut signaler que vous étiez la seule et unique personne à pouvoir le placer à l'endroit où nous l'avons retrouvé. Car, lorsque nous avons enfin découvert un lieu correspondant plus ou moins aux visions de Markale, vous êtes retourné chez vous pour aller chercher du renfort. J'ai noté qu'il vous a fallu une heure entière pour juste faire un aller-retour et donner un coup de téléphone. En effet, il vous fallait récupérer ce briquet, et surtout trouver un objet évoquant le soleil. C'est évidemment vous qui avez caché le tout dans le creux du poteau. Sous couvert de vos frénétiques investigations, c'était un jeu d'enfant !

» C'est sans doute au nom de votre amitié pour sir John que vous avez décidé de fermer les yeux sur les vols commis par son fils. Voyons, laissez-moi deviner, c'est lorsqu'il s'est cambriolé lui-même que vous avez compris, n'est-ce pas ? Pourquoi diable ce voleur si habile s'était-il contenté de menus fretins alors qu'il y avait dans la maison un coffre bien mieux garni ? Bien que ce ne fût pas concluant en soi, cela a dû éveiller vos soupçons. Et là, subitement, notre voleur s'est arrêté sur sa lancée. J'imagine que vous avez dû lui faire comprendre qu'il était démasqué. Entre parenthèses, vous étiez bien placé pour enduire une de ses chaussures de boue et y placer des plumes. Vous connaissiez parfaitement les lieux, fréquentiez souvent sir John à ce moment-là. Je présume que c'est lors de l'enquête du vol du manoir que vous avez découvert la cachette du voleur. C'était très habile de me féliciter chaudement lorsque je l'ai découverte à mon tour en fouillant dans le coffre, mais, de toute façon, il vous eût été aisé de nous mettre sur la voie au besoin.

» J'ajoute enfin que c'est vous qui aviez choisi deux des trois mystères soumis au devin. Le dernier, l'incendie de la grange de Tasker, était une idée de sir John, mais elle était prévisible, d'autant que vous y aviez sans doute fait plusieurs fois allusion. Un dernier mot pour souligner votre extrême habileté, car vous passiez pour le détracteur du voyant. Ce qui était vrai au début, lors de l'affaire du vol de la banque. Mais ensuite, vous vous êtes joué de lui, sur le subtil registre de l'incrédule parfait. Par ce biais, vous souligniez son action, ses « pouvoirs exceptionnels », à tel point que Markale a fini par s'en persuader lui-même ! Après la tromperie subtile et la psychologie fine, il croyait être arrivé au stade suprême : celui de la voyance pure !

» Pour conclure, si l'on se place sur un plan purement rationnel, il apparaît clairement que votre culpabilité est la seule possible. Il vous suffisait d'écouter les divagations du voyant, puis de réfléchir un peu avant de choisir des indices « révélateurs », et de les placer judicieusement pour que le coupable de chacune de ces vieilles affaires soit comme rattrapé par une justice immanente. Plusieurs solutions devaient alors s'offrir à vous. Pour la vision du cygne, par exemple, votre choix s'est arrêté sur cet objet en céramique, que vous avez nuitamment déposé sur la tombe des deux cadavres. Mais ce faisant, vous avez commis une légère erreur, sur laquelle j'avais déjà attiré votre attention : la présence de l'herbe sous la statuette. Feignant l'ignorance, vous m'avez aiguillé en toute logique vers le second témoin de la découverte du cygne, votre ami sir John, comptant sur son inattention. Malheureusement pour vous, il s'est souvenu de ce détail. N'est-ce pas, sir John ?

Le châtelain hocha gravement la tête, bredouillant :

— Oui, il y avait bien de l'herbe sous le cygne... et non de la terre.

Et le Dr Twist de conclure :

— Ce qui signifie que cette statuette n'a été déposée là que tout récemment.

Kendall, qui avait affiché un sourire dédaigneux depuis le début du réquisitoire du détective, lança d'un ton cinglant :

— Pourquoi ? Pourquoi me serais-je livré à toutes ces manœuvres insensées ?

Twist ôta son pince-nez et se tourna vers l'auditoire.

— Voilà une question intéressante. J'avoue y avoir longuement réfléchi sans trouver d'explication satisfaisante. C'est même la clé de voûte de toute l'affaire... Mais comment pouvait-on y répondre avant les tragiques événements de la veille ? C'était difficile, car vous meniez votre affaire de main de maître. D'ailleurs hier soir, lorsque vous vous êtes accusé du meurtre de Markale, j'ai failli tomber dans le panneau... Que dis-je ? Je suis entré dans votre jeu, je vous ai aidé à construire les derniers éléments de votre piège diabolique, qui ne visait qu'à l'élimination de votre femme...

Kendall écumait de fureur. Il se redressa d'un air menaçant :

— Comment pouvez-vous dire ça ! Alors qu'en ce moment même elle est en train de perdre la raison !

Twist répliqua sèchement :

— Il vaudrait mieux qu'elle la perde plutôt que de savoir la vérité, Kendall. Oui, toute votre manœuvre ne visait qu'à son élimination. Cette idée devait sommeiller en vous depuis longtemps, mais c'est avec l'arrivée de Markale qu'elle a véritablement pris corps. La menace formelle du devin à son encontre, renforcée par ses succès de divination, vous ont fait entrevoir une solution diabolique : faire passer la mort de votre femme pour un événement inévitable, « écrit », puisqu'il avait été annoncé par le plus grand devin du royaume. J'imagine que vous aviez prévu une fin accidentelle, telle une malencontreuse chute du haut de la falaise. C'est pour cela que, du jour au lendemain, vous avez changé votre fusil d'épaule en vous employant à aider Markale dans ses dons de voyance, bien sûr à son insu. Plus la preuve de ses pouvoirs était établie, plus grandes seraient les chances de faire passer la mort de votre femme pour un accident inéluctable.

— Mais que dites-vous là ! s'exclama l'accusé. Rien de ce que vous affirmez ne s'est passé ainsi ! Et vous le savez bien !

— En effet, vous avez été plus habile encore. Un diabolique hasard vous a permis de modifier et d'améliorer votre plan en cours d'exécution. Car la malheureuse Ruth a eu une réaction inattendue : celle de vouloir terrasser le devin au moyen de quelque philtre magique, unique moyen à ses yeux pour détourner le mauvais sort. Vous le saviez, vous n'ignoriez bien sûr rien de sa crédulité, et vous l'avez laissée faire, tout en nous tenant au courant de son étrange comportement. Le grimoire où elle avait puisé son inspiration, ostensiblement laissé ouvert dans votre bibliothèque, était naturellement votre fait. Vous nous mâchiez le travail, pour que nous n'ignorions rien de ses sombres projets. Ainsi, le moment venu, c'est-à-dire juste après la mort de Markale, la « vérité » devait nous apparaître clairement. Votre idée de s'accuser à la place de votre femme était une de vos autres diableries, peut-être la plus odieuse et la plus hypocrite de toutes. Vous saviez pertinemment que nous n'allions pas y accorder foi... et cela, malgré le fait que vous passiez pour un ennemi déclaré de Markale, que vous brûliez d'envie de lui tordre le cou, parce qu'il avait effrayé votre femme avec ses sinistres prophéties. Entre parenthèses, vous avez même eu l'audace de le menacer une fois de plus, le soir du drame, pour parfaire votre rôle de mari en colère. Cette ruse au troisième degré vous faisait passer pour un homme prêt à se sacrifier pour sauver sa femme... Qui, dans ces conditions, aurait pu soupçonner que vous ne visiez qu'à l'éliminer ?

Le front moite et les yeux luisants de haine, Kendall passa nerveusement la main dans sa tignasse rousse.

— Ce que vous dites est... monstrueux !

— Mais malheureusement vrai. Et c'est bel et bien vous qui avez tué Markale. N'ignorant rien des intentions de Mrs Kendall et de son rendez-vous nocturne, vous êtes parti avant elle, pour aller directement à la falaise et non chez sir John comme vous l'avez prétendu. Vous vous êtes caché derrière un rocher pour guetter l'arrivée de Markale et l'avez poussé dans le vide dès qu'il s'est approché du bord. Ensuite, il vous a suffi de prendre sa place. Avec la complicité de l'obscurité et de la pluie, il vous fut aisé de donner le change à votre épouse. Vous connaissiez d'avance ses gestes, la projection de ce liquide prétendument magique qui devait aider « les forces obscures » à happer le mauvais prophète et à l'emporter au loin dans les profondeurs. Vous avez ensuite simulé un cri déchirant, tout en sautant simplement sur la corniche en contrebas. Profitant de l'état de choc de votre femme, vous êtes revenu sur vos pas et avez fait croire à votre arrivée et à toute votre compassion, avant de lui proposer très hypocritement de l'aider en endossant la responsabilité du drame. Comme nous le savons, c'était pour mieux la piéger. Et une fois sa culpabilité établie, la boucle était bouclée, car l'histoire se terminait exactement comme dans la légende : la prophétie de malheur s'était révélée exacte, et le voyant qui l'avait proférée venait d'être éliminé par un des villageois ! D'une certaine manière, je vous tire mon chapeau, car dans le genre on peut difficilement faire mieux !

Le front baigné de sueur, Kendall secoua la tête :

– Non, c'est faux... c'est grotesque... D'ailleurs vous n'avez pas la moindre preuve...

– Croyez-vous ? répondit le Dr Twist, qui se retourna soudain. Tiens, il me semble avoir entendu la porte d'entrée...

Un bruit de pas résonna dans le hall, puis la porte du salon s'ouvrit sur Trevor, accompagné de deux policiers en tenue. Le jeune Leighton s'avança vers la petite assemblée, le visage tendu, sous le coup d'une grande émotion. On avait l'impression que les larmes lui montaient aux yeux. Il fit un salut général de la tête, comme s'il s'efforçait d'observer une certaine distance.

– Vous tombez à pic, jeune homme, dit le Dr Twist. Je souhaitais justement entendre votre témoignage à propos de l'enquête concernant le cambriolage qui avait eu lieu ici même il y a trois ans. Voulez-vous confirmer devant nous ce que Mr Kendall, alors chargé de l'enquête, vous avait confié à l'époque ?

Trevor évita de regarder le policier et dit après avoir pris une profonde inspiration :

– Il m'avait pris à part, et m'avait dit que c'était le dernier cambriolage, faute de quoi le voleur irait droit en prison à la prochaine récidive.

– C'était pour vous faire comprendre qu'il vous avait démasqué ? demanda Twist.

– Oui, sa voix et son regard ne laissaient aucun doute à ce sujet.

Twist remercia le jeune homme, puis se tourna vers le policier :

– Alors, qu'avez-vous à dire, Kendall ?

Un éclair menaçant passa dans son regard brouillé.

– Rien, à part que j'aurais mieux fait de dénoncer ce petit voyou, à l'époque ! Mais quel rapport pourrait-il y avoir entre ceci et les abominations dont vous m'accusez ?

– Ne vous en ai-je pas fait la démonstration ? Votre but était de vous débarrasser de votre femme !

– Pourquoi ? hurla Kendall, les yeux fous. Pourquoi l'aurais-je voulu ? C'est absurde, tous ceux qui me connaissent vous le diront !

Twist observa une pause, jetant un bref coup d'œil à la ronde.

– Soit. Puisque vous y tenez. Je pourrais vous répondre que, dans la plupart des cas, lorsqu'un homme mûr veut se débarrasser de sa femme, c'est neuf fois sur dix pour la même raison...

— Des preuves, je veux des preuves ! s'époumona l'accusé. Et non des fabulations de vieillard !

— Très bien, répondit Twist en hochant docilement la tête. Je peux même vous produire une preuve vivante, puisqu'elle se trouve parmi nous...

Le détective se tourna vers Sandra, livide, qui venait de fermer les yeux.

— Jusqu'ici, reprit-il, elle n'a jamais osé parler. Mais à présent, elle est prête à le faire, et même publiquement...

— Espèce de vieux démon ! grogna Kendall, les yeux agrandis par la colère, avant de bondir sur le Dr Twist.

Mais il fut stoppé en plein élan par un direct du droit en pleine mâchoire. Le coup avait été porté par Trevor, qui y avait mis tout son poids, mais Kendall ne tomba pas au sol. Après quelques instants de flottement, il se redressa, les yeux injectés de sang, et se retrouva nez à nez avec le canon du pistolet automatique que Hurst venait de brandir.

— Plus un geste, Kendall ! La partie est finie pour vous.

Avec des ressources inattendues — sans doute l'énergie du désespoir —, le fougueux policier écarta la menace d'un revers de main, et se rua vers la fenêtre.

Hurst, qui avait d'abord hésité à presser sur la détente, finit par lever son arme et tirer. Le coup retentit au même moment où la fenêtre volait en éclats, dans un fracassant bruit de verre brisé.

Épilogue

Il neigeait à gros flocons sur Londres, ce jour-là. À l'heure du thé, Twist lisait le journal dans son appartement. Hurst, derrière les fenêtres, regardait tomber la neige d'un air pensif. Victoria Street, en contrebas, était recouverte d'un tapis blanc, mais le passage constant des véhicules avait creusé un double sillon brunâtre. Jadis, la blancheur immaculée des ruelles durait un certain temps. Il songeait à l'époque de son enfance, difficile mais somme toute heureuse, et revoyait parfaitement le triste quartier de Clerckenwell qui l'avait vu naître. Ses parents, bien que modestes, avaient une maison en brique, tandis que certains des riverains logeaient dans des bâtisses en bois. À Noël, il recevait une orange et des dattes, et parfois, luxe suprême, un livre d'aventures. Il avait gardé le souvenir du contact du papier, de l'odeur de l'encre fraîche, des illustrations qui avaient illuminé de longues et tristes journées d'hiver. Il se souvenait aussi des rares fois où son père, le dimanche, lui avait offert des marrons chauds. Il se brûlait chaque fois les mains en les dégustant, mais la seule pensée de ce contact brûlant lui réchauffait le cœur. Pour rien au monde, il n'aurait échangé ces souvenirs...

La voix de Twist l'extirpa brutalement de sa rêverie.

— Vous savez quel jour nous sommes aujourd'hui ?

— Voyons... c'est Noël à la fin de la semaine, je dirai donc le 19...

— Exact. Et cette date ne vous dit-elle rien ?

Intrigué, Hurst se tourna vers son ami, qui replia aussitôt son journal.

— N'essayez pas de tricher, Archibald, et faites appel à votre mémoire. Que faisions-nous à cette date, il y a très exactement trois ans ?

Après avoir répété plusieurs fois « le 19 décembre », avec un évident effort de concentration, le policier eut un claquement de doigts :

— Oui, ça me revient, nous étions dans un petit village du Devon, invités pour le mariage de Trevor Leighton et de la jolie petite... Bon sang, comment s'appelle-t-elle déjà ?

— Sandra Kendall. Enfin ! Comment pouvez-vous l'oublier, Archibald ? Cette tragique affaire vous avait pourtant marqué ! Ce fut du reste un beau mariage. Le jeune couple rayonnait de bonheur, et la mariée était vraiment ravissante. Philip était également présent. Il avait les yeux un peu embués lorsqu'il regardait Sandra, mais il s'était réconcilié avec Trevor. Sir John et sa femme étaient très fiers et très heureux. À bien des égards, ce mariage fut une réussite. L'absence de Ruth Kendall était la seule ombre au tableau, mais la malheureuse avait sombré dans la folie en apprenant la fin de son mari. Je crois d'ailleurs que la vérité l'aurait achevée...

— Oui, je me souviens, approuva Hurst en hochant la tête, notamment de l'arrestation de Kendall. Vous avez soigneusement dosé vos effets pour le pousser à bout, en faisant intervenir le jeune Leighton à point nommé, mais nous avons joué avec le feu. Cela avait failli mal se terminer. Je l'avais touché à l'épaule lorsqu'il avait défoncé la fenêtre comme un taureau aveugle, mais cela ne l'avait pas empêché de s'enfuir. Un des policiers, sautant par la fenêtre à son tour, l'avait rattrapé au moment où il était parvenu au bord de la falaise. Mal lui en prit, car il avait été à deux doigts de suivre Kendall dans sa descente aux enfers, lorsqu'il s'était littéralement jeté dans le vide...

— C'était mieux ainsi, dit Twist. Cela lui a évité un procès qui aurait non seulement éclaboussé sa famille, mais aussi la police.

Hurst poussa un profond soupir.

— Si l'on excepte sa faiblesse, ce n'était pas un mauvais cheval dans le fond. Auparavant, aucune tache dans sa vie privée, rien que de bons et loyaux services. Mais, dites-moi, Twist, qu'est-ce qui vous avait mis sur la voie ?

— Mais vous, comme toujours, Archibald ! Je m'en souviens très bien, car, avant de me parler des cheveux, vous aviez émis l'idée que Kendall pourrait être amené à se chercher une autre compagne. L'indice du cheveu, c'étaient les deux ou trois cheveux blonds de Sandra que sa mère avait trouvés sur le divan. Elle en avait déduit qu'elle s'allongeait là pour lire... Vous pourrez m'accuser d'avoir l'esprit mal tourné, mais il n'empêche que c'est grâce à cette triviale association d'idées que j'ai pu y voir clair. Lorsque j'ai envisagé le fait que Kendall ait pu abuser de sa fille adoptive, tous les éléments du puzzle se sont assemblés d'un coup. La bibliothèque étant naturellement le lieu de leurs « rencontres », ce qui explique l'aversion de la jeune fille pour cette pièce. Le changement brutal de son comportement – le fait qu'elle perde sa rayonnante bonne humeur – prenait également tout son sens.

Morte de honte, Sandra n'osait se confier à personne, et surtout pas à sa mère, qu'elle ne pouvait désormais plus regarder en face.

» Et dire que Ruth la soupçonnait d'avoir été envoûtée par ses lectures, voire de pratiquer la sorcellerie ! Quelle ironie du sort, quand on sait qu'elle s'y adonna elle-même pour vérifier ses soupçons... Le fait que Sandra passe son temps dans la baignoire trouvait également une explication, dans la mesure où elle ne se sentait jamais assez propre après ces étreintes forcées. Pour un peu, on aurait pu y voir là les démangeaisons d'une sirène en manque d'eau !

» Mrs Kendall ne fut cependant pas la seule à se méprendre sur sa personnalité. Les frères Leighton percevaient bien le tragique et profond secret qui la tourmentait, mais s'en rejetaient mutuellement la responsabilité. Chacun soupçonnait l'autre d'avoir perturbé la jeune fille, au point de la rendre prude, alors que c'était l'ombre de cet amant contre nature qui se dressait chaque fois devant elle dans les moments d'intimité.

» Il me semble inutile de m'attarder sur l'odieuse conduite de Kendall, mais notons quand même qu'à un moment il avait senti la jeune fille sur le point de lui échapper, surtout au contact de Trevor – qui semblait le plus entreprenant des frères Leighton. Un furieux sentiment de jalousie l'a alors assailli, et il s'est empressé de demander à son ami sir John de faire son possible pour mettre un terme à cette liaison. Par ailleurs, Sandra grandissait et devait opposer une résistance toujours plus grande à ses élans. Peut-être lui a-t-elle dit un jour, pour se défendre de ses assauts, que sa trahison à l'égard de sa mère lui était de plus en plus insupportable et constituait un obstacle rédhibitoire. Toujours est-il qu'il s'est mis à croire qu'en supprimant Ruth il aurait le champ libre et que sa relation avec la jeune fille se poursuivrait comme par le passé. Il se trompait évidemment, mais la jalousie et la frustration avaient fait chavirer sa raison. C'est alors qu'il avait mis au point le plan diabolique que nous connaissons, en l'accordant avec une habileté confondante aux éléments de la légende locale, afin de détourner les soupçons...

— Oui, sale affaire, soupira Hurst. Je me demande bien comment un type comme lui, apparemment équilibré, a pu tomber aussi bas !

Twist hocha la tête avec un air de mansuétude.

— Le spectre de la jalousie a plané sur l'ensemble de ces affaires. Sam Tyler en fut la première victime. À la décharge de Kendall, je serais tenté de dire que la beauté troublante de Sandra a dû jouer un grand rôle. Souvenez-vous, plus jeune, elle avait coutume de chanter, et même fort bien paraît-il, d'une voix aussi mélodieuse que celle d'une sirène... Or, c'est bien connu, les sirènes apportent le malheur aux hommes en excitant leur jalousie...

— Exact, approuva Hurst. D'ailleurs, cela s'applique aussi fort bien aux frères Leighton qui, un soir, avaient même failli s'entre-tuer pour la belle Sandra ! (Sa mine se renfrogna soudain.) Mais dites donc, Twist, où voulez-vous en venir ? N'êtes-vous pas en train de chercher des excuses à Kendall ?

— Non, bien sûr. Mais j'observe que vous ne connaissez pas la suite de l'histoire...

— Pourquoi, il y a une suite ?

Le visage rembruni, Alan Twist déposa le journal qu'il tenait à la main.

— Il y a environ un an, j'ai revu Trevor, qui me paraissait très déprimé. Il m'avait raconté que Sandra l'avait quitté à la suite d'une aventure qu'il avait eue avec sa secrétaire. Il m'avait aussi appris qu'entre-temps il avait repris avec efficacité la direction des mines d'étain de son grand-père... Bref, il avait donc multiplié les tentatives de réconciliation, mais sans succès. De guerre lasse, il avait abandonné la partie et fini par épouser ladite secrétaire. Mais dès lors, soudain, Sandra s'était mise à le harceler. Je n'ai pas bien compris de quelle manière, mais, selon lui, sa vie serait devenue un enfer. Puis, quelques mois après cette rencontre, j'ai lu son décès dans la presse : il s'est suicidé en se jetant dans la Tamise...

Hurst roula des yeux surpris.

— Eh bien, ce n'est pas ce qu'on appelle une happy end !

— Non, en effet. Mais j'aimerais bien que la malédiction de la sirène s'arrête là.

— Ah ? Et pourquoi donc ?

Twist reposa la pipe qu'il venait d'allumer pour attraper le journal sur la table. Il le montra à son interlocuteur.

— Voyez l'article en bas de page. C'est une annonce de mariage...

— Sapristi ! s'exclama Hurst après avoir parcouru le compte rendu. La veuve Sandra Leighton s'apprête à convoler en secondes noces ! C'est vraiment étonnant !

Tirant pensivement sur sa pipe, Alan Twist déclara :

— Et elle n'aura même pas besoin de changer de nom cette fois-ci, puisque l'heureux élu n'est autre que son beau-frère Philip. Enfin *heureux*, je l'espère pour lui...

Composition réalisée par JOUVE

IMPRIMÉ EN FRANCE PAR BRODARD ET TAUPIN
La Flèche (Sarthe).
Imp. : 28353 – Edit. : 54788 - 02/2005
ISBN : 2 - 7024 - 3159 - 3
Édition : 01